U0093502

一笑

古龍

[illegible]武俠小說 領先時代半世紀

[illegible]報導】江湖[illegible]古龍凋零二[illegible]懸賞百萬獎新[illegible]盡，唯有武俠熱[illegible]隨時間變易，在學術研[illegible]會上更見分明。以「一代鬼才：古龍與武俠小說」為主題，淡江大學第九屆文學與美學國際學術研討會昨起在國家圖書館，展開為期兩天的議程，紀念武俠小說家古龍逝世二十周年，新生代學者與古龍故舊齊聚一堂，以文論劍話武俠。

日前與淡大中文系教授林保淳共同發表《台灣武俠小說發展史》，武俠小說評論家葉洪生昨天在專題演講中，直批胡適1959年底發表「武俠小說下流論」是「胡說」，學界泰斗的不當發言以及隨即展開的「暴雨專案」，反而促成1960年起台灣武俠新秀的繁興，「武俠小說迷人的地方，恰恰在門道之上。」，葉洪生認定，武俠小說審美四原則在文筆、意構、雜學、原創性，他強調：「武俠小說，是一種『上流美』。」

集多年心血完成《台灣武俠小說發展史》，葉洪生認為他已為從十歲起迷上武俠小說的半世紀畫上完美句點，並且宣布他「以後決心退出武俠論壇，封劍退隱江湖」。

雖然葉洪生回顧武俠小說名家此起彼落，套太史公名言「固一世之雄也，而今安在哉？」，認為這是值得深思的嚴肅課題，昨天意外現身研討會而備受矚目的溫世禮，則為了紀念同是武俠迷的哥哥溫世仁，推出第一屆「溫世仁武俠小說百萬大賞」，即日起至今年10月3日截止收件，經兩階段評選後於明年12月7日公布首獎得主，預料將會是一場武林新秀的龍虎爭霸戰。

看明日誰領風騷？風雲時代出版社發行人陳曉林眼中的古龍，其實領先他的時代半世紀，以致如今雖然古龍逝世20年，陳曉林認為大家對古龍的了解仍然有限，預言未來世代更能和古龍的後設風格共鳴。

昨天這場研討會，也凸顯武俠小說作為一項文學研究門類，仍有待開發學習空間。多位與會者都指出，武俠小說的發表、出版方式和管道具考證難度，學術理論與論文格式的建立待加強。而武俠名家的版權之爭、市場競爭力，也增加出版推廣困難，古龍武俠小說的版權糾紛、司馬翎作品的版權官司也成為研討會的場外話題。

第九屆文學與美
一代鬼
古

古龍兄為人慷慨豪邁、跌蕩自如，變化多端，文如其人，且復多奇氣，惜英年早逝。余與古兄當年交好，且喜讀其書，今後不見其人，又無新作可讀，深自嘆惜。

金庸

一九九六．十．十一．香港

古龍

古龍

真品絕版復刻 11

飄香劍雨

上

古龍 著

古龍真品絕版復刻說明

由於版權限制之故，本專輯「古龍真品絕版復刻」所集六種古龍最早期武俠作品，在台灣已絕版很多年，而本版推出後也不會再印行問世，故稱「絕版復刻」。此版本限量發行，只以饗有緣人。

殘金缺玉，碎鑽散翠，卻可由此透視後來光芒萬丈、膾炙人口的古龍武俠諸名著，其最根柢處的靈氣之源和俠情之始。凡對古龍作品有真正興趣、愛好的讀友，必會收存這個專輯，並可由此看出：當古龍將這些金玉鑽翠串綴起來時，是何等的璀燦奪目？

目錄

目錄

【導讀推薦】

驚世駭俗的《飄香劍雨》

著名文化評論家
秦懷冰

對台灣武俠小說史略有所悉的朋友，大抵都知道古龍青少年時代遭遇家庭天倫劇變，一夕間失去遮風蔽雨的生存條件，最悽慘時曾流落街頭。《飄香劍雨》所抒寫的，正是古龍在那段時間的感受與思慮，當然，他是以文學創作的才華與高度，以武俠小說的形式抒寫那些感受與思慮。

文采風流、名聲遠播的一代豪俠「鐵戟溫侯」呂南人和有武林第一美人之譽的「銷魂夫人」薛若璧伉儷情深，羨煞黑白兩道。詎料變故陡生，聲勢正崛起的「天爭教」教主蕭無看上薛若璧，而薛竟也紅杏出牆，追隨蕭無而去。「天爭教」諸名高手更欺上門來，欲置呂南人於死地。這種劣勢下，呂南人只得詐死以瞞人耳目，不但主動捨棄寶馬與鐵戟，連自己的姓名也不能保，隱身市井，改名換姓，但求躲過這場劫難。

一夕間，他失去了一切，包括自己的姓名，而成為芸芸眾生中毫不引人矚目的窩囊廢。古龍的這種感受和思慮，深入骨髓，以致他後來在另一名著《名劍風流》中，將主角俞佩玉也置於類似的絕境，使他連自己的姓名都告喪失，與美麗的未婚妻面對面相逢也只得裝作陌路人。在後期名著《碧血洗銀槍》裡，古龍還塑造了一個失去了所有人生歸屬的「無十三」，可見他感慨之深。

雖然在心靈深處要表述的，是自己一無所有的處境和心情，但古龍畢竟是不世出的創作人才，他既藉武俠的形式來說故事，就必定要將故事說得離奇曲折，引人入勝。改名換姓之後，因須避開通都大邑，只得走向山巔水涯，因而迭遇奇人異士。既目睹了「南偷北盜」為一具可測出地下寶藏的璇光儀而拚命相搏，最後同墜萬丈深崖；也受到前輩異人劍先生、三心神君的青睞，得以在武功上有所進益，逐漸產生與天爭教抗爭的意念與憑藉。

當然，一個懷才不遇、憂形於色的昂藏漢子，容易得到女性的同情和關注，故而浪跡期間倒也不乏情愫偶通的韻事，由此而涉及若干武林門派的隱私，也在所難免。與天爭教有殺夫、殺父之仇的美婦孫敏及少女凌琳，因同仇敵愾，進而對他產生異樣的情感，自是可想而知之事。孫敏一得知女兒的心事，立即想設法成全，但變故又至，呂南人因欲拯救南偷北盜而追入深崖，生死未卜。凌琳鍾情已深，陷入恍惚心境。

此時，天爭教主蕭無公然傳帖江湖，向呂南人挑戰，表明必欲一決生死，戰書四出，卻渺無回應。同一時間，武林中忽而冒起一個新興的「正義幫」，幫主竟公然挑戰蕭無，表明要決一死戰。

凌琳因不知心上人的生死而終日恍惚，孫敏意欲同意一直摯愛凌琳，不惜為她叛師受刑的天爭教青年高手鍾靜，是夜，竟有人送來整盤明珠的重禮。凌琳立即想到是呂南人所為，但無從追索。

正義幫主是否即為呂南人？因古龍突兀地結束全書，遂成為一個懸念。

但其實，古龍將最後一章定名為「贈君明珠」，已強烈暗示出面向蕭無挑戰的正是險死還生、誓欲雪恥的呂南人。重新站起來的他已恢復本名，但因決鬥的生死勝負難料，不欲天真嬌憨的凌琳錯過姻緣，他寧可贈伊明珠，寄予真誠的祝福。

古龍預先回應有人可能責備他未將情節述盡即倏然收尾，他如此說：「世上任何一件沒有結束的事，其實也可以說是已經結束，世上任何一件結束了的事，其實也可以說是沒有結束。因為結束與不結束，這其間的距離，真是多麼可憐而可笑地短暫呀！」

這時的古龍，寫作時的哲思與遐想仍常翩翩起舞，要到下一階段「成熟期」與「輝煌期」，他才自覺地收斂那些不時浮現的哲思與遐想，將它們納入到小說的情節和規範之中，所以終成一代小說大師。

然而，在進入「成熟期」和「輝煌期」之前，別忘了，古龍竟遭遇過自覺一無所有的艱困時期！

第一章 鐵戟溫侯

茅屋，雞聲方鳴——

在嚴冬清晨凜洌的寒風裡，一個長身玉立、英姿颯爽的少年俊彥，悄然推開了在這荒村裡唯一的小客棧那扇白楊木板的店門，牽出他那視若性命般火紅似的名駒，仰天長長吸了口氣，寒風，很快地就衝進他火熱的胸膛裡。

他嘴角掛著一絲混合著傲慢和譏諷的微笑，倏然上了馬，馬跡在雪地上留下一連串蹄痕，馬鞍旁掛著的兩件沉重的物件，雖然被嚴密地包在油布裡，然而當它們撞擊著馬鞍或是馬鐙時，仍然發出一陣陣聲音，而這種聲音，很明顯地可以讓人聽出那是屬於兩件鐵器撞擊時特有的聲音。

他，並沒有引起任何人的注意，因為此刻根本沒有任何人願意冒著寒冷站在這晨風裡，但若有人知道他是誰時，那情況就會大不相同了。

他，就是近年來在江湖上聲名顯赫的鐵戟溫侯呂南人，而他能在這麼短的時間裡博得這如此盛名，是有其原因的。

一匹稀世罕有的寶馬，和一身絕頂的軟硬功夫，再加上兩件奇門兵刃——寒鐵雙戟，這使得他在幾年之內擊敗了所有想和他為難的武林人物，而那其中當然不乏許多是知名高手。

另外，他英俊的儀表，使得他贏得了當時武林第一美人薛若璧的青睞，於是鐵戟溫侯和銷魂夫人成了武林中最令人羨慕的一對夫妻。當然，和羨慕永遠不會分開的兩個字就是「妒忌」。

此時，像往常一樣——

鐵戟溫侯呂南人瀟灑而鬆散地騎在他那匹馬上，馬蹄如飛，他的右手堅定地抓著韁繩，馬的美麗的鬃毛在寒風中飄浮著。

人馬過處，掀起一陣混合著冰雪泥沙的塵土，鐵戟溫侯那英俊的臉孔和閃閃發光的眼睛，看來很容易地使人想到昔年叱吒風雲的溫侯呂布，這難怪他永遠不願意單身上路，因為他生怕江湖上一些未婚女子的糾纏，也許是這種糾纏他遇見得太多了吧。

但是——

為什麼他此刻是孤身而行呢？那和他時刻不離的銷魂夫人薛若璧在哪裡呢？為什麼在他那慣有的笑容後面，竟隱藏著一片陰霾呢？

馬行雖急，然而他卻像是漫無目的似的，並沒有一個一定的方向。

到了保定府，他卻並不進城，只是在城門外兜著圈子，像是故意在吸引著別人的注意力似的，他甚至將本來包在油布裡的寒鐵雙戟拿了出來，機械地拿在手上搬弄著。

果然，不一會兒，保定府裡就傳出鐵戟溫侯在城外徘徊的消息，城裡的一些武林豪士都非常奇怪，他這是為著什麼呢？

他當然是有著原因的，因為他那清俊的臉上，此刻還有些期待的神色，值得他所期待的事物，也該是非常奇異的吧？

「前面就是文廟前的城門口了。」他在心中暗忖著，但是他依然不策馬進城，只是在護城河外漫無目的地踱著馬，兩隻炯然有光的眼睛，不時地望

呂南人又是一陣長笑，隨著笑聲，他靈巧而快捷地下了馬，將手中的雙戟一分，那麼沉重的兵刃，在他手中竟像草芥似的。

「朋友，廢話少說，趕快亮『招子』動手吧！」他沉聲喝道。

「我姓尤的動手，還沒有用過兵刃。」驀地，尤大君厲喝一聲，也未見他作勢，手掌一揚，一晃眼便已躥到呂南人面前。

他掌心血紅，呂南人心中一動，忖道：「這廝的硃砂掌竟已有了九分火候。」冷笑聲中，腳步一錯，竟將掌中雙戟拋在地上。

「跟你這種鼠輩動手，大爺也用不著動用兵刃。」呂南人也厲聲道。這話果然將硃砂掌更為激怒，猱身進步，一掌向他天靈蓋劈下。

掌風虎虎，掌力的確驚人，呂南人卻也似不敢硬接，一晃身閃了開去，硃砂掌暴喝連連，錯步轉身，又撲了上來。

硃砂掌稱雄兩河多年，在武林論掌力，已可數一流人物，是以在威懾武林的天爭教裡，也占著極為重要的地位。

只是他掌力雖雄厚，身法卻不甚靈便，雖然他這種足以開山裂石的掌力，已可彌補他身法上的不足，但若真的遇到絕頂高手，便要吃虧，這點他自己也知道得極為清楚，是以他此刻掌掌都是殺招，而且都用上了九成功力，存心將這年紀雖輕，在江湖上卻已大有盛名的鐵戟溫侯喪在掌下。

掌風如山，掌影如雲，風雲之中，鐵戟溫侯看起來已無還手之力了！在旁邊虎視眈眈著的那三個藍衣人，此刻面上都露出了喜色，不約而同地忖道：「這姓呂的一丟下兵刃竟這麼不濟事。」欣喜之中，卻又不禁有些後悔。

「早知道我們上去也是一樣能將這姓呂的收拾下來，是何等露臉的事！教主知道了，怕不把我們連升幾級？」他們貪婪地望了尤大君身上的金衫一眼，忖道：「那麼我們也可以穿上金衣裳了。」

他們在心中搗鬼，尤大君臉上又何嘗不是滿面喜色，掌招更見狠辣，恨不得一掌就將呂南人置之於死地。這除了天爭教和鐵戟溫侯之間的仇怨之外，還有一份他自己想借著擊敗名傳四海的鐵戟溫侯，而能在武林中更增長幾分聲望的雄心。

他雖然很明顯地占了上風，但一時半刻之間，卻是無法取勝。又是十數個照面過去，鐵戟溫侯身手似乎越發不如先前靈便了。

硃砂掌精神陡長，倏然使了個險招，「怒馬分鬃」，雙掌一分，胸前空門大露。呂南人嘴角又閃過一絲難以覺察的微笑，搶步進身，駢起雙指，朝他左脅的「期門」穴點去。

「這小子果然上當了。」這念頭在硃砂掌的心中一閃而過。他暴喝一聲，胸腹一吸，呂南人的手指堪堪夠不上部位，就在呂南人撤招退步之間，尤大君手掌一翻，砰地擊在他胸膛上。

硃砂掌以掌力稱雄武林，這一掌力道何等之強，鐵戟溫侯狂吼一聲，雙腳點處，箭一般地掠了出去。靈巧地掠到那匹始終等候在旁邊的靈駒鞍上，雙腿一夾，一支箭也似的躥了出去。

「這小子輕功倒不弱。」硃砂掌一掌得手，心中狂喜，雖然轉過這個念頭，但卻未去想人家的輕功怎會如此高明。

另外三個藍衣人在怒喝聲中，都追了過去。但瞬息之間，鐵戟溫侯人馬都已掠出很遠。

尤大君很得意地笑著說道：「這廝中了我一掌，焉能還有命在？」他狂笑著道：「我們慢慢追去不遲，就等著去收他的屍好了。」以硃砂掌尤大君的掌力而言，他此話倒並非是誇狂之語。另三個藍衣人，自然也相信，只是他們卻不知道，事情卻出於他們意料之外哩！

鐵戟溫侯風也似的奔馳了一陣，忖量已將他們拋下很遠，便在一個荒僻地方倏然住了馬，極快地翻身而下。

他目光四轉，確定了此處除他之外，再也沒有別人的蹤跡。再看護城河，上面雖結著冰，但尚未結成一層，只是在河上浮著些冰塊，於是，他似乎頗為滿意地笑了一下。

「一切都很合乎理想。」他暗暗忖道。驀地，他撕開上衣，衣服裡面的皮毛，立刻翻了出來，寒風也極快地吹了進去。

但是，他卻毫不在意，手掌動處，他竟自靴筒中抽出一把雪亮的匕首，在自己的左臂上極快地一劃，鮮血倏然而出。

他非常小心地不讓血沾在他衣裳上，手指捺處，鮮血便在雪地上留下一大灘鮮紅的血跡，而這些血跡，任何人都分辨不出那是因受了外傷而流出的，抑或是因為受了內傷而從口中噴出的。

在極為短暫的一剎那間，他完成了這些動作，然後他在從自己立馬之處到河岸之間，弄了些凌亂的腳印，使一切看起來，都讓人不得不相信鐵戟溫侯在中了硃砂掌尤大君的一掌之後，在保定城外，吐血而亡，只因為他不甘願自己的屍身落在天爭教手上，所以他盡了最後一分力量，掙扎著躍進河裡。

他像一個戀人似的，極為留戀地望了那匹曾被無數人羡慕、妒忌，經過無數次爭鬥而且自己絕不願放棄的寶馬一眼，然後極為沉重地歎了一口氣。為了使人確信他的死，他只得放棄這匹馬了，這是他這個計畫中最難做到的一點。

但是他必須這樣做，假若沒有這匹馬留下來，那麼縱然他仗著早已準備好的金絲纏著髮絲的背心，和背心裡一塊上面還連著鮮血的獸皮，而能奇蹟似的挨過硃砂掌尤大君力能開山劈石的一掌，但人們也一定會懷疑鐵戟溫侯怎會如此輕易地死去！

他又沉重地歎了一口氣，想再多流連一會兒，然而這時候，風聲中已有馬嘶聲傳來，他知道此刻他——鐵戟溫侯離開人世的時候已經到了，雖然他還有回到人世的機會，但這希望在他此時看來，就像深夜中的孤星一樣渺茫！

他的馬微嘶了一聲，他伸起手在眼角微微擦拭一下，是有眼淚流下，抑或是有風沙呢？

身形猛一頓挫，腳尖在河岸邊猛點，瘦長的身軀竟從這幾達四丈寬的護城河上掠了過去，在地面上只微微一點，再一長身，身形暴起，雙臂一張，竟躍上保定府的城牆。

就在他以絕頂的輕功，消失在保定府城牆上的時候，隨著他的馬在雪地上留下的蹄印，硃砂掌尤大君等四馬也追了來。首先，他們所看到的就是那匹江湖上獨一無二的火紅色的寶馬，孤零而無助地佇立在嚴冬黃昏的寒風裡。

再加上呂南人所佈置下的一切，於是鐵戟溫侯死了這消息，第二天便很快地在武林中傳播著，使得武林中的豪士，對於「硃砂掌尤大君」這個名字也很快地換了一種看法。

對這件事唯一有些懷疑的，卻是鐵戟溫侯「忠實的」妻子——銷魂夫人薛若璧，因為她深知她丈夫的武功。

但是她卻也不敢將她的懷疑，在她的新歡——獨霸江湖的天爭教教主蕭無面前提起。

天爭教主雖然亟欲置呂南人於死地。但他聽到這消息後，只淡淡一笑。因為他認為，和一個「人」爭，是太無聊了些，他們要爭鬥的對象，卻是古往今來從未有人敢爭鬥的——天，此所以為「天爭教」也。

於是鐵戟溫侯在失去了家和妻子之後，自己在武林中也消失了。

第二章 隱跡潛蹤

在城垛後的陰暗之處，呂南人隱伏了很久，然後他將身上穿著的武士短襖脫了下來，取下了一個他緊緊繫在身上的包袱，那裡面是一套在當時最為普通的衣衫，和一頂北方常見的皮風帽。

於是當他漫步從城上走下的時候，他已變成一個極為普通的人，和保定府終日在街上熙來攘往的小商人毫無二致，只是他心中所想的，卻是和那些人絕不相同的罷了。

他的心，像被毒蛇齧噬般痛苦，以至他的臉更為蒼白了，隱藏在風帽下的一雙眼睛，也因著憤恨和怨毒而變得血紅。

他在蘇州城郊的廬舍，原本是溫暖的，他和他的妻子，原來也是愉快的，他熱烈地喜愛著人類，因此他不願像大多數武林中的名人一樣，將自己的住處，安排在深山裡。而只是在蘇州城裡，和他那以美麗出名的妻子享受著大多數年輕而富足的夫婦所享受著的恬靜、溫暖而愉快的生活。

當然，會有很多武林豪士來慕名拜訪。

他們也會在春深秋初，那些美麗的日子裡並肩而出，馳騁江湖，享受著人們豔羡的目光。

縱然有些仇家，但也在他那一雙寒鐵短戟之下懾伏了。

但是惡運卻並未放過他，在五年之內，就威懾天下武林的天爭教主，被武林中目為百年來僅見的奇才——蕭無，在偶然的機會和薛若璧邂逅之後，被呂南人一直認為非常忠實的妻子，竟對他不再忠實，居然私奔到天爭教主懷裡去了！

而且，天爭教主蕭無，竟運用了他的絕頂武力、絕高智慧和絕大毅力在武林中培植成的勢力，要剷除這鐵戟溫侯。

呂南人是高傲的，他立刻全力反抗。

但是他失敗了，像武林中其他的人一樣，他無法和天爭教龐大的勢力相抗。

有好幾次，他都幾乎死在天爭教裡地位最高的金衫香主們的環攻之下。但是他卻不甘就死，於是他費盡心力，逃出江南。用假死騙過了天爭教，也騙過了所有武林中的豪士，隱跡潛蹤起來。

沒有人會想到他會在保定府裡一條最繁盛的街道上，隱藏了自己。也沒有人會想到和許多個落第秀才一齊住在一棟大四合院裡的江南秀才——伊風，會是曾經在武林中大大有名的鐵戟溫侯。

這個四合院裡，終日書聲琅琅。落第的秀才們在書中尋找著自己的夢想，只要一旦大魁天下，那時候就一躍而至萬人之上了。

像那些秀才一樣，伊風也在讀著書——各種的書。

他從小習武，根本沒有時間讀書，漸漸在書中尋得了一份安慰和滿足，使他能靜心期待著，期待著一個他能夠復仇的機會。

這是一段非常艱苦的日子，一個人由盛名下返回拙樸，那種心情往往是絕大多數人無法忍受的，但是他卻挨過了。

第三章 敵暗我明

華山乃五嶽之一，山巒挺秀，風物絕勝，春秋佳日，本為騷人墨客遊詠之地。

但是在這嚴寒的早春，縱然有人會提著興致來賞雪，但也只到山腰之下，淺嘗輒止。很少有人會冒著從山上滑下的危險，在積雪中爬上去的。

這天華山絕頂的山陰之處，捷若猿猴地爬上一人，定睛一看，這個身手絕高的人物，竟然從頭到腳看不出一絲武林人物的跡象來。他當然就是呂南人——伊風了。

林木早就枯死了，他在滿是積雪的山岩上縱躍著，極目四望，白雲皚然撞到山石上，慘嚎一聲死去。

他驚魂初定，定睛望去，那對眼睛竟屬於一隻山貓，他不禁暗笑自己的緊張。

但是，「說話的聲音，又是從哪裡發出的？」他在想。

隨著他的暗笑之後，他不禁開始更為驚恐，因為隱藏著的這個人，極可能是他的仇敵。而以此時的情況看來，此人若是他的仇敵，卻是一個極為不容易對付的厲害角色哩！

他身形四轉，真氣已聚。他自信必要時的全力一擊，力量足以驚人。

但山風吹處，景物依然，還是沒有人的影子。

他忍不住沉聲發話道：「在下伊風，偶遊華山，是哪一位前輩高人出言，務請現身指教！」

聲音中已失卻了他平素習慣的鎮靜，因為任何一件不可知的事，都是令人感到恐懼的。

語聲落處，依然沒有回答。他的眼光銳利地四下搜索著，身形卻不敢挪動一下。

因為他怕在自己離開時，躲在暗中的那人，也乘隙溜走。他也怕在身形移動時，受到別人的暗算。

這並不是他太過慮，須知他在受到天爭教追殺的那一段時候，他如不是憑著這一份小心和機智，他怕不早已死去十次！

此時在這種深山窮壑裡，他更不敢有一絲疏忽。因為任何一個疏忽，都可能造成對他致命的打擊。是以他雖然聽得那是一個女孩子發出的聲音，他心中的恐懼，卻未因此而絲毫減退。

因為在這種地方，怎會有女孩子的聲音？而那聲音為什麼在說過一句話之後，立刻再也不響？而且也不現出身形來！

「這顯見得其中有什麼陰謀。」他暗忖著，越發不敢有絲毫鬆懈。

一個時辰過去，第二個時辰到來，山陰之處，靜得像是天下所有的生物都死光了似的，連一聲鳥鳴，或是獸嘶都沒有。

他緊瞪著的眼睛，因為長久的沒有休息，而微微有些酸痛。他的耳朵，已可在風聲中辨出一根微枝折斷的聲音。

但是，他什麼也沒有看到，什麼也沒有聽到，於是這個時辰又過去了。

人的地方。

那也是一個洞穴，但是極小，也很深，根本無法看出那裡面的動靜。只是那一把制錢投進去後，竟如石沉大海，全無蹤跡。

伊風更驚，因為此刻他更確定了，暗中的那人就是躲在這洞穴裡。但是他也不敢往那洞穴前面走，因為他知道躲在暗中的人假如有意傷害自己，那遠比在明處的人要容易得多。

「朋友！你再也躲不了啦！是好漢，就出來！」他厲聲喝道。

語聲未了，洞中也有一個聲音，尖銳地發出來。

「出來就出來，有什麼了不起！」

隨著話聲一條黑影電射而出，不等伊風發招，已有十幾縷尖風，向伊風襲到。

那正是先前伊風自己發出的暗器，此刻被人家回敬過來，手法亦竟異常高妙，在黑暗中，竟認得出自家的穴道。

更令他驚異的是：很顯然地自己方才發出的暗器，是被人家以絕妙手法接了去。

他雖然稱雄江湖，也不禁為這種手法驚異。手掌揮處，來不及多加思索，將那一把暗器，全震得飛了開去。

但是那人影快如電光一閃，幾乎和那暗器同時到達伊風面前，掌風銳利，瞬息之間，已從不同的部位，向伊風攻了三掌。

這三招快如飄風，是以雖是三招，但伊風卻覺得彷彿有三隻手掌同時向他襲來，在這種情況下，可沒有時間允許他先看清人家的人影，拗步轉身，身形溜溜地一轉，倏地左掌穿出。

須知他在極短時期，在武林中能享盛名，武功自有獨到之處，是以他在驟然被襲的情況下，仍能攻出一招。

那人影身法之快，更是驚世駭俗，左手手腕一翻，手指上點伊風的「脈腕」穴，右手圈了個半圈，倏地又是一掌。

這一招連攻帶守，更是妙絕！伊風猝遇強敵，腕肘微一屈伸，身形一轉，吐氣開聲，雙掌一齊推出，竟用了十成掌力。

那人影招式雖奇妙，但伊風這一掌完全是硬功夫，沒有絲毫取巧之處，那人影卻也不敢硬接，身形一轉，方才避開。

哪知手底一慢，腕肘竟微微一麻，自己右手肘間的「曲池」穴，竟被人家指鋒掃著一些，過手之間，就有了不甚靈便的感覺。

於是他連忙收攝住精神，將一切事都暫時拋開，專心應敵。

兩人身手都快，瞬息之間，已拆了數十招。伊風心中有些顧忌，是以並未使出全力，動手之間，不免稍受限制。

但那少女招式卻一招緊似一招，而且出手甚奇，連伊風那麼深的閱歷，竟看不出這少女的身手，到底是屬於何門何派。

兩人過手之處，不過只是在枯木之間的一小片空地上，高手過招，雖本不需什麼空闊之處，但伊風掌力所及，四周的枯木，自然被他這種凌厲的掌風摧毀不少。動手間，也難免會發出些聲音來。

伊風不禁有些著急，此地雖是深山，但深山之中，正是武林豪士出沒之處，他可不願意被人看出身分。但他也勢必不能在糊裡糊塗地打了一場後，就突然溜走。

於是他很想喝住對方，問清來歷。假如對方根本和自己無關，也認不出自己是誰，那麼自己可實在沒有動手的必要。

「人家或許也是隱跡在此地的武林人物，是以也不願意被人探查。她大概也誤會了自己對她有什麼惡意，是以才會悶聲不響地一味動手。」

他在心中極快地轉了幾轉，確切地認為只有這個想法和事實最為接近。這就是他超於常人的地方，因為他在此情況之中，還能為對方設想。於是他出招之間，更是守勢多於攻勢，心中也在盤算著，該如何發話，使自己能分出這個少女到底是敵是友。

但是他的思索，卻很快地被另外突然發生的事所打斷了……

他眼角動處，竟發現在那少女的出處，又有一條人影電射而出，伊風不禁暗叫一聲：「糟！」假如這人也像那少女一樣，不分青紅皂白就出手，那自己豈非要糟？

他可沒有想到，這件事的發生，主要原因是因為他自己的多慮，雖然這並不能怪他，可是也絕不能怪著人家呀！

那少女一看到另一人影，立刻嬌喝道：「媽！這人不是好東西，恐怕是來查探我們的，可絕不能放他走了！」

伊風聽了，眉頭不禁一皺！

那人影卻倏然頓住身形，道：「琳兒！先住手，讓我問問他！」

那少女聽了，極不情願地「嗯」了一聲，倏地掠後四尺。

伊風自然也不會再搶前出手，雙拳一抱，卓然而立正待出言，後來的那人已說道：「朋友是哪裡來的，到這裡來是幹什麼？」語氣冷冰冰的，大有「你不說清楚，就別想走了」之意。

伊風閃目打量，卻見這人是個少婦，暮色中卻看不甚清，但朦朧間已看出姿色甚美，尤其體態婀娜，動人已極。

他方怔了怔，那少婦又冷冷說道：「朋友到這華山來，若是想找我母女的晦氣，那麼，朋友！今天也別想再走出去了。」

她說話之間，完全是江湖口吻，顯見得以前也是闖蕩江湖的人物。

伊風心裡有氣，暗忖：「難道華山是你的，我就來不得？」

「媽，這人鬼鬼祟祟的，在這裡待了三四個時辰還不走，又在我們這裡東張西望的，一定是那傢伙的狗腿子！」

這少女的話，竟是認定了他不是好人。

伊風知道誤會已深，但他如何才能解釋此事呢？他一時間竟想不出適當的話來。

「在下伊風，偶遊華山，對兩位絕無惡意。」他訥訥地說道。

此時他已確信這母女兩人絕對不是自己的對頭，心中所希望的，只是這母女兩人也明白自己不是她們的對頭就好了。

那少女哼了一聲，道：「你偶遊華山，可是你幹什麼要在這塊地方一待就是好幾個時辰呢？難道這塊地方有什麼寶貝嗎？」

「以閣下的身手，該是江湖中成名立萬的人物。」那少婦冷冷一哼，又道，「可是『伊風』這名字，我卻沒有聽人說過。」

這母女兩人，詞鋒犀利。

伊風怫然道：「在下對兩位確實沒有惡意，也不知道兩位是誰，兩位如果不肯相信，在下也無法解釋。」

他頓了頓，又道：「老實說，在下也有難言之隱，兩位如能體諒，在下也絕不會將今日之事說出來的。」

他生性亦極高傲，出師未久，即享盛名，幾時受過這樣的盤詰？此時語氣中，充滿不悅之感，言下大有「信不信由你」之意。

哪知那少婦的神色，卻大見和緩，說道：「可是我們卻又怎能信得過你呢？」話雖仍是盤詰，但語氣卻已不再冷冰冰了。

伊風又怔了怔，想：「這母女兩人必定也是為避仇，隱跡華山之陰，她兩人武功極高，她們的仇家會是誰呢？」

他在心中思量，已經瞭解了人家為什麼會這麼緊張，因為他自己也正是如此。

此刻人家這樣問他，他知道倘若不善為答覆，必定很難使人家滿意，可是這種問話，自己又將如何答覆呢？

第五章　奪命雙屍

三人六目相對，靜得除了風聲之外，其他任何聲音都沒有。

驀地，就在伊風先前佇立的那塊山石之處，悄悄地露出了四隻眼睛來，注視著他們。

這兩人從山上下來，伊風和那母女兩人竟沒有覺察到，輕功能瞞過他們三人的，定是高絕的身手。當然，這也是因為伊風等三人全心在注意對方，而無暇顧及其他的關係。

伊風歎了口氣，道：「在下實是無意闖入華山，對兩位更毫無企圖，兩位如不見信，在下也實在沒有什麼方法可以……」

「只要你說出你實在的來歷就行了。」那少婦打斷了他的話，說道，「須知閣下雖有難言之隱，我母女也有不得已的苦衷。」

伊風沉吟下半晌，慨然道：「我想兩位必是為了避仇，只是在下的仇家，恐怕比兩位的仇家還要厲害，在下實在……」

那少女哼了一聲，道：「你不願說是不是？」又側臉向那少婦道：「媽！您跟他多囉唆幹什麼？我看他說話吞吞吐吐的，一定懷著鬼胎，說不定就是天爭教下的狗腿子。」

「天爭教」這三字一出口，伊風不由驀地一驚，忖道：「原來她們的仇家，也是天爭教！」同仇之念，油然而生，正欲說出自己的來歷。

他還未開口，突然有一陣刺耳的笑聲，從他身後發出……

笑聲使得這三人同時一驚，赫然望去，卻見兩人並肩立在那塊突出的山石之上，身形隨風飄動，像是站立不穩似的，寬大衣衫中的身軀，好比兩根竹竿，瘦得像是秋日田野間，農家用以防雀的稻草人，在那枯柴般身軀上的兩顆頭顱，卻壓得那細弱的脖子像是不堪負荷似的。

這形狀雖然嚇人，可是更令伊風吃驚的是：這兩人身上穿著的竟是金色長衫！

「天爭教」這三字在伊風和那母女兩人的心裡，像是霹靂似的，轟的一聲，直透心底。

「嘿！嘿！」

這兩個怪人同時開口，生像是早已約好似的，齊聲說道：「好極了！我兄弟真是有幸，想不到在這窮山之中，卻見到名滿天下的三湘大俠凌北修的夫人，真是好極了！」

那少婦臉色立時灰白，在夜色中看起來，這種全然沒有血色的面孔，最令人覺得可怖。

她恨恨地望了伊風一眼，伊風不禁打了個寒戰。

他知道，她一定誤會這兩人是被他引來的，於是不覺有些冤枉。

「可是，這兩個魔頭，怎會偏偏這個時候來呢？」

不用多作思索，他知道這兩個怪人，就是江湖上人人聞名色變的奪命雙屍。

因為武林之中，也唯有這兩人才有這副長相。

這奪命雙屍是一對孿生兄弟，自幼生息相通，長大後也沒有一刻分開過。手底之狠辣，在武林中早負盛名。掌指的功力，自成一家，腰中十七節亮銀長鞭「潑風十三打」，更是稱譽武林，尤其厲害的是動手發招，兩人之間的配合，天衣無縫。

這兩人生性奇特，卻不知道怎地也為天爭教所網羅，在天爭教下金衣壇裡，為十九個金衣香主中武功頗強者之一。

那保定府外和呂南人動手的硃砂掌，卻在金衣香主中占著第十八位，比起他們兩人來，自是大大不如。

原來天爭教自教主以下，依武功強弱，共分五壇，武功最強者，就是金衣壇，以下才是紫衣、藍衣、褐衣，至於烏衣壇，就是最基層的教眾了。

那少婦果然就是三湘大俠凌北修的未亡人孫敏。

三湘大俠以掌中劍獨霸三湘多年，竟在天爭教擴充勢力至三湘時，在金衣壇中的七靈飛虹印寶林、萬毒童子唐更的兩件神奇兵刃和絕毒暗器之下，受傷而不治。

天爭教素來趕盡殺絕，這孤苦無依的母女，才避仇至這華山之陰來，苦練武功，冀求復仇。

哪知卻在此時，又遇見了江湖中的煞星——奪命雙屍。

「凌夫人！」

奪命雙屍陰森森地齊聲道：「我們教主想念你得很！久聞你是武林中的美人，怎麼忍心讓我們教主想得這麼慘？」

他們臉上的表情，使人看了不禁毛髮悚然。

他們緩慢地邁著步子走過來，口中道：「夫人！還是跟著我們一起回去吧！」

那少女——三湘大俠的愛女凌琳，氣得亦是面目變色，喝道：「你們兩個怪物少廢話，要找死，姑娘就送你們回老家去！」

「怪物！」奪命雙屍宮氏兄弟一齊裂開大口，怪笑著說，「這小姑娘說話真有意思，嗯！長大了和你媽媽一樣，也是個美人。」

說話之間，他們已走到伊風身側，卻連眼角也不向伊風瞟一下，像是根本沒有看見他似的。「不知他們認不認得我！」伊風暗忖。他的這個疑問，立刻就獲得了答覆。

第六章　披星戴月

奪命雙屍宮氏兄弟，遠遊華山，竟一去不返，天爭教驚疑之下，大搜華山，竟在華山之陰發現奪命雙屍的兩具屍身。

這號稱「雙屍」的兩個武林煞星，真的變成了「雙屍」了。

而且，這兄弟兩人，死狀甚慘，一個面目血肉狼藉，生像是被人以大力鷹爪功抓在臉上，一抓而斃命。另一個卻是身受五處掌傷，骨斷筋折，恐怕連肝腸五臟都被震得寸寸斷落了！

這件事立刻震驚武林，而且紛紛猜測，誰是擊斃奪命雙屍的人物。

天爭教更是出動了絕大的力量，幾乎將華山上的一草一木都搜索殆盡，可是他們卻哪裡找得出人家呢？

只是教中藍衣壇下一個本藉藉無名的香主，竟在華山之陰發現了一條秘徑，由此秘徑穿入，居然柳暗花明，有一個小小的峽谷，谷裡煙火狼藉，地上滿是燒殘的木料，彷彿是本來此間有個人家，但卻在最近被人縱火所燒。

於是很容易地就可以聯想到，在這峽谷中本來一定是住著個避仇的武林人士，而且顯然的，這人所避的仇家就是天爭教，在奪命雙屍發現此人後，自然不免有一場惡鬥，但以掌指和秘技震驚武林的宮氏兄弟，竟不是這人的對手。

而這人在擊斃宮氏兄弟之後，也自知無法再在華山隱跡，於是他自己燒毀了自己的房子，而開始第二次的潛逃。

這猜測自然非常近於情理，只是這人會是誰呢？竟能擊斃奪命雙屍。

有人又猜測隱跡在華山避仇的恐怕不止一人，可能是夫婦，可能是師徒，可能是父子，可能是兄弟……種種猜測，不一而足，但是武林中，誰也不知道此事的真相。

就在天爭教大搜華山的時候，在往長安的路上，有一輛大車疾行甚急，套車的牲口筋強骨壯，但此刻已累得嘴角不斷地流著白沫了，顯見得這匹牲口在很短時間中走了很多的路。

可是趕車的車把式，卻絲毫沒有因為自己的牲口吃了虧，而有不悅的表情；相反的，他反而興高采烈，彷彿接了一宗很好的買賣。

這一輛大車四面的車窗卻關得很嚴密，這種景象在嚴冬的時候並不特殊，因為在路上所有趕路的車子，都是如此情形。

可是奇怪的卻是這車上的人，並不在通商大鎮上打尖歇息，晚上也總是在荒僻村落的茅店裡。

車把式心裡在想：「這車上的人，不是江湖大盜才怪！就連這女的，都透著些不正經的味道，受傷的兩個，恐怕準是被官府的公差砍傷了。」

於是他的臉上，就露出了不安分的狡笑，他心裡轉著的念頭，也就越來越沒有人味兒了。

只是車中的人，卻一點兒也不知道。

大車裡鋪著很厚的棉被，因為怕受傷的人在路上顛簸；在車的中間，倒臥著兩個人，一長一少，一男一女。

車的角落裡盤膝坐著一個三十四五的少婦，黛眉深鎖，姿容絕美。她的年紀，非但沒有帶給她半絲老態，而且帶給她一種成熟的風緻，使她看起來，更令人為之意動！

這披星戴月，攢程疾行的三人，不問可知，便是三湘大俠的未亡人——孫敏、凌琳母女和隱跡潛蹤、易名換姓的伊風。

愁容滿面的孫敏，此時心中紊亂已極！在她面前，有受著重傷的兩人，這兩人一個是她的獨生愛女，一個卻是為了救她而身受重傷的陌生人。

此刻她知道自己在冒著生命的危險，因為她的行蹤，只要被任何一個天爭教徒知道，便是不得了！

何況，她還要帶著這兩個重傷的人，前途茫茫，連一個投奔的地方都沒有！

她雖然身懷絕技，但也只是一個女子。在這種情況下，怎麼會不深鎖黛眉，柔腸千轉，拿不定一個主意呢？

她望了躺在她面前的陌生人一眼，想起當時的情景，的確是九死一生，奪命雙屍那兩張猙獰的面孔，在她腦海中仍然拭抹不去。

她想她的愛女凌琳，雖然武功亦得有真傳，但年紀太輕，又毫無臨敵經驗，竟在奪命雙屍一步步逼近她們時，貪功妄進，以致前胸被這宮氏兄弟的指風所掃，在這兄弟兩人苦練多年的「陰風指」下，受了極重的傷。

想到那時，她仍不禁全身起了一陣悚慄。

「真是生死關頭！要不是這人……」

她又感激地望了伊風一眼，忖道：「要不是他，恐怕我也要傷在這兩個煞星的掌下，現在我就是為了要看護他而多受些苦，但比起他為我們所做的，又算得了什麼呢？」原來，伊風聽到的那一聲慘呼，正是凌琳縱身一掠，以「饑鷹搏兔」之式，撲向步步進逼的奪命雙屍而受傷時所發出的。

「饑鷹搏兔」雖是頗具威力的一招，但以名顧之，這一招大多用以對付武功稍弱於自己的對手。凌琳少不更事，竟以這一招用在成名武林多年的奪命雙屍宮氏兄弟身上，正是犯了武家大忌！

宮氏兄弟冷笑一聲，不退反進，四條長臂一齊伸出。宮申的左掌和宮酉的右掌，砰然一聲，硬接了凌琳的全力一攻。

但是宮申的右掌和宮酉的左掌，卻各劃了個半圈，倏然擊出，雖未打實，但他們所發出的指風，已使得凌琳震飛數尺之外。

孫敏急怒攻心，嬌叱一聲，便和迎上來的宮氏雙凶動起手來。

這也就是伊風回頭的那一剎那。

見死不救，伊風是絕對不會做出的，縱然他明知一動手，便會帶給他很大的麻煩，但是，他卻已別無選擇的餘地。

於是他厲喝一聲，一掠而前，雙掌拍出，攻向宮酉的左脅。

他這一動手，和在保定城外獨鬥硃砂掌時又大不相同。須知他那時是想利用尤大君完成他的計畫，而此刻，他卻是立心將這兩人斃於掌下。

是以一上手，他便是招招殺招。

宮氏兄弟厲喝連連，突地冷笑道：「朋友！好俊的身手！怎地卻和我兄弟動起手來？」

伊風悶聲不響。

宮氏兄弟又冷笑道：「看朋友的身手，倒很像是和死去的一個朋友一樣，想來閣下也是死了一次，再活回來的吧？」

他此言一出，伊風立時面色大變，他果然瞞不過這奸狡凶頑的奪命雙屍宮氏兄弟。

須知任何事都可以偽裝，但是，一個武林高手在拚命過招時，他的身法，卻萬萬瞞不過明眼人的。

不出他先前所料，宮氏兄弟的殺招，果然大多招呼到他身上來。

「朋友！今天你就再死一次吧！」他們厲聲喝道。

這奪命雙屍的武功，自成一家，竟在伊風曾經對敵的許多天爭教下的金衣香主之上。

而且，最令他不解的是：這三湘大俠未亡人的武功，竟不如她已經受傷的女兒。

他不知道孫敏的武功，只是嫁給凌北修之後才學成的，自然不及自幼即打下了極好根基的凌琳。

此刻交手之下，伊風承受了大部分壓力，雖然不致落敗，要取勝卻也不易！

但是，他自己知道，今日一戰，除非將這宮氏兄弟全斃在掌下，否則自己日後永無寧日，因為人家已識破了自己的真相。

是以他出招不但招招致命，而且有時竟是拚了自己也中上一掌的路數。

孫敏大為感動，受了他的影響，也拚起命來。

可是，宮氏兄弟可沒有拚命的必要。見了他們這種打法，心裡不禁吃驚，但是自家卻被逼得連亮出腰畔兵刃的時間都沒有。

四人片刻之間已拆了數十招。

宮氏兄弟對望了一眼，忽地齊聲冷笑道：「朋友！掙命也沒有用。不出片刻，金衣壇裡的另外三個香主也要來了。朋友！是識相的，還是認命了吧！免得等會再多吃苦。」

此話果然使得孫敏吃了一驚，但伊風走南闖北，是何等人物，根本沒有將他們的話放在心上。掌風虎虎，出招更見凌厲。

雙屍眉頭微皺，目標自然轉到孫敏身上，齊聲冷笑道：「凌夫人！我們兄弟是先君子後小人，歹話先說在前面。夫人此刻若不跟著我們走，等會那三位來了，可比不上我兄弟好說話呢！」

他們難聽至極地笑了一陣，又帶著更刺耳的聲音說道：「那三位香主別的不說，可有點……」

他們故意頓住話，不懷好意地「嘻嘻」笑了兩聲，又道：「他們三位看見夫人這般美人兒，可保不準要出什麼事呢！」

這種頗為露骨的話，立刻使得孫敏紅生雙頰，動手發招間，果然因為羞怒而顯得沒有先前的凌厲。

這種情形，被伊風看在眼裡，厲喝道：「姓宮的！少給天爭教現眼吧！用這種江湖下三門的伎倆，還在武林中道什麼字號？」

宮氏雙凶左右雙掌同時揮出，在中途倏然變了個方向，猛擊伊風的前胸和孫敏的左肩。

這兄弟兩人聯手攻敵，配合之佳，妙到毫巔！使兩人本已不凡的武力，何止加了一倍！

他們冷笑著故意滿懷輕蔑地說道：「朋友！你就少管管閒事吧！連自己的太太都管不了，還在這裡裝什麼樣，發什麼威？」

這話果然使得伊風也氣得失去了常態。腳步一錯，避開宮氏雙屍的一招，雙掌再次交錯拍出時，竟發出了十成功力。

這種不留退步的打法，也是犯了武家的大忌。

但是這種驚人的掌力，卻使得宮氏雙凶臉上雖仍帶著冷笑，心中已有怯敵之意。

又是十來個照面過去了。

夜色愈濃，四人的掌風將這山側的枯木，擊得枝枝斷落。

寒風凜冽，這四人的額上，都已微微滲出汗珠來。

宮氏雙屍身形各轉半圈，避開伊風的一掌，他們的「陰風指」力，竟不敢和伊風那種開山裂石的掌力硬拚。

就他們兩面相接的那一剎那，兩人又各自交換了一個含有深意的目光。

這兄弟兩人，自幼心意相通，連說話都像是一個模子裡鑄出似的。此刻兩人不約而同的，卻有了「扯活」的念頭。

「反正他們的落腳之處和虛實，已經被我們探得，我們又何苦要在這裡和他們拚命？」

他們嘴角都掛著一絲獰笑，忖道：「難道他們還能在我們天爭教的手下，再逃到哪裡去？」

這兩人長嘯一聲，掌影突然如落葉般落在武功較弱的孫敏身上。

這一個轉變，使得伊風除了攻敵之外，還得留意孫敏的安全。

嘯聲再起，奪命雙屍在全力攻出一掌後，突地一飛身，身形倒掠出去。

「失陪了！」他們冷喝道。兩人又退在巨石之側。

伊風怎肯讓他們就此一走，如影附形般，也掠了過去，掌花錯落，擊向宮申背後的「靈台」、「互湯」、「筋縮」等三個大穴。

宮申猛一塌腰，上身微微前伸，右足卻向後倒出去，這一招以攻為守，卻是攻敵之所必救之處，確是妙招。

哪知伊風此刻已橫了心，微微一讓，竟拚著自己受傷，雙掌連環三掌，都扎扎實實地擊在宮申的背上，自己下肚的左側，也中了一腳。

宮申慘呼一聲，轉過身後，盡了最後之力，又發出一掌。

但這一掌已是強弩之末，伊風雙臂一格，雙掌一翻，掌尖剛剛搭上宮申的前胸，猛地吐氣開聲，竟以內家「小天星」的掌力，擊在宮申前胸。宮申再次慘呼，一口鮮血，竟噴在伊風身上。

那邊宮酉已將孫敏逼得連連後退。

但是宮申這兩聲慘呼，卻使得他心膽俱裂！慘厲地長嘯一聲，撲向伊風。

伊風下肚中了一腳，雖然避過要害，但受傷已自不輕！方自喘息間，宮酉的身形已快如閃電般，掠過來。

他兄弟連心，宮申斃命，宮酉此刻用的也是拚命的招數。他人尚未到，雙掌先已筆直伸出，十指箕張，猛抓向伊風胸前的「乳泉」、「期門」、「將台」、「靈根」等幾處大穴。

這一掌勢如壓頂之泰山，伊風無法硬接，但此刻他下部受傷，轉側已不靈便，只得往下一塌腰，讓宮酉的雙爪從肩下遞空，自家左掌平伸，右掌卻自下而上，劈向宮酉的面門。

哪知宮酉此刻也是心存拚命，對這致命的兩招，亦是不避不閃，雙爪微微一沉，倏然下抓伊風的左右兩邊的琵琶骨。

伊風大嚇之下，身軀猛地一轉，但右肩上已中了宮酉快如閃電的一抓，在他尚未因痛而暈絕的這一剎那，他左掌自宮酉雙臂中穿出，抓在宮酉臉上，食指及無名指，竟深深陷中宮酉的雙目，五指並力一抓，奪命雙屍中的宮酉，就傷在他鼓著最後一絲真氣使出的「大力鷹爪神功」之下。

他自己呢？身受兩處重傷，望著垂死宮酉慘笑了一聲，便自暈絕！

孫敏掠過來時，這震驚武林的奪命雙屍，不但在同年而生，竟也在同時而死！他們死狀至慘的兩具屍身，倒臥在伊風的左右兩側。

伊風亦已全身浴血，右掌依然抓在宮酉的左掌上，臉上毫無一絲血色，牙關緊咬著，但嘴角卻留著一絲安慰的微笑。

孫敏一生中不知曾見過多少慘烈的場面，但此情此景，卻仍使得她覺得有一絲涼意，直透背脊。寒風，現在才使她感覺得冷。

她呆呆地佇立了一會，讓自己在冬夜的寒風中，稍為冷靜一下，清醒一下。

等到她心中的劇跳漸漸平復了的時候，她走到伊風倒臥著的身軀旁，摸了摸他的鼻息和胸口，知道這拚著生命來保護別人的年輕人，雖然身負重傷，卻尚未死去。

於是，她再走到自己女兒身側，她唯一的愛女，此刻亦是氣息奄奄，但是也並未死去，所受的傷，甚至遠遠比那年輕人輕得多！

她覺得，自己的眼睛有些潮濕，她不知道這是因為她對那年輕人的感激，抑或是對上蒼的感激，但總之這是感激的淚珠。

也許這兩種感激都有些，因為，這兩者使她和她的女兒，奇蹟般地保全了性命。

第七章　淺水之龍

這份感激，此刻尚停留在坐在車中的孫敏心中，因為她一回憶到這些，她的眼睛就又開始濕潤起來，像是大多數感恩圖報的人一樣，她對伊風的恩情，是永世不會忘懷的。

當然，她此刻能在天爭教大搜華山之前，就安全地逃出，還是靠著自己，她自己那種在危急中仍然保存的明確的判斷力。

在她神志清醒之後，她立刻將自己的女兒和伊風帶回隱居之處，為伊風上了極好的金創藥。

但是對他們——凌琳和伊風——所受的內傷，她卻束手無策，沒有任何辦法。

她當然著急，但是在著急之中，她仍想到了此事可能發生的後果。於是她燒毀了自己辛苦搭成的草屋，受盡千辛萬苦，將自己的女兒和救了她們的恩人，從華山絕頂上搬到山下去。

在一夜之中，完成的這些事，當然是靠著她的武功和她那種堅忍的毅力！

「可是往哪裡去呢？」接著，這問題又在困擾著她。

第二天，她不惜花了比應該付出的價錢，貴了好幾倍的高價，雇了輛大車。

「不管怎樣，我們先往偏僻點的地方去吧！」她替自己下了個決定。

其實此刻除了她自己之外，又有誰能幫助她們呢？

於是這輛大車由華山的山腳，奔波連日，晝夜攢行，趕到這裡。

但是孫敏知道天爭教的勢力，遍佈中原，此刻仍未逃出人家的手掌，再加上受傷的兩人情勢愈發危殆，她芳心繚亂，急得不知如何是好！

「首先，我該想辦法將他們兩人的傷治好才行呀！」她暗忖著。

但是這種被內家高手所重創的內傷，又豈是普通人可以治得了的？她雖然也知道幾個以醫道聞名江湖的人物，但自家在這種情況中，又豈能隨便求救？萬一對方近年來已和天爭教有了聯絡，那麼自己一去，豈非羊入虎口！就算不致如此，她也明白自己此刻已是惹禍的根苗，又怎能再讓別人惹禍？

但是，這受著重傷的兩人，又該怎樣呢？

她長歎了口氣，悄悄地將車窗推開一線，發覺外面天已經暗了，風很大，從窗隙中吹進來，使得她打了個寒戰。

於是她掩上窗子，朝前面趕車的車把式高聲說道：「前面有歇息一會的地方嗎？」

車把式揚起馬鞭，呼哨一響，道：「方才我們經過兩處大鎮，你都不肯打尖，現在呀，可找不到什麼地方了！就是有，恐怕也是像昨天一樣那種連熱水都沒有的小店。唉！這麼趕車，實在是在受活罪！」

孫敏一皺眉，她對車把式說話的這種態度，非常不滿意，尤其這車把式竟直截了當地稱她為「你」，更使這平素極受人尊重的三湘大俠的夫人，覺得說不出的氣憤，幾乎要打開前面的窗子，將這無禮的粗漢，從座上拉下來。

但是，她又長歎一聲，忍住氣，自家已到了這種地步，又何苦為了些小事，和這種粗鄙的車把式，再慪些閒氣呢？

她覺得自己好像是被困在淺水裡的蛟龍，連魚蝦的氣，都要忍受了。本來已經潮潤的眼睛，不禁更潮潤了些。

但她畢竟是剛強的女子，而且前面還有許多事情等她去做，這受重傷的兩個人的性命，也全操在她的手上，容不得她氣餒。

於是她強自按捺住了心中的怒氣，和那種被屈辱的感覺，說道：「隨便找個地方歇下好了，等會……等會兒我再加你的車錢。」

那車把式呼地又一掄鞭子，將馬打得啪啪作響，咧著嘴道：「不是我總是要你加車錢，實在因為這種天氣，冒著這麼大的風，晚上連口熱水都喝不著，你說這個罪是不是難受？」

這車把式講的話，使她極為討厭，但是她卻沒有辦法不聽。

於是她低下了頭，為受傷的兩人整理一下凌亂的被褥，他們發出的呻吟之聲，幾乎使得她的心，都碎作一片一片的小塊了。

車子突地停住，車把式回過頭來吆喝道：「到了，下車吧！」

坐在車廂裡的孫敏，看不到車外那車把式嘴角掛著的醜笑，略微活動了一下筋骨。

這些天來，為了看護受傷的人，她幾乎沒有睡過，此刻她伸腿直腰之間，才覺得自己的腰腿，都有些酸了。

她下了車，才發現面前的這家客棧，果然小得可憐，但是她卻認為很滿意。回頭向車把式道：「幫我忙把病人扶下來！」

車把式皮笑肉不笑地笑了笑，先幫著她扶下伊風，抬到那家客棧的一間陰暗的小房子裡，再出去抬車裡的凌琳。

孫敏發現這車把式和這小客棧的夥計和掌櫃的，都非常熟悉，但是她也未在意。

可是，那車把式在幫著她抬凌琳時，乘機在她手上摸了一把，卻使得她的怒火，倏然升起！

她的目光，刀一樣地瞪向那車把式身上，那車把式也不禁低下了頭。

店夥卻在旁邊笑著道：「小王頭還懂得低頭呀！」

孫敏如刀的目光，立刻轉向那店夥。

那店夥聳了聳肩，表示：「我又沒有講你，你瞪我幹什麼？」樣子更為討厭。

孫敏也覺得這店夥有些不對路，但是她自恃身手，怎會將這些小人放在眼裡？

其實，她年齡雖大，但一向養尊處優，就是跟著凌北修在江湖上走動，也是像皇后般被人尊重，這種孤身闖蕩江湖的經驗，可說少之又少。

是以，她不知道世間最可怕的，就是這些小人！真正綠林豪客，講究的是明刀真槍，三刀六眼，卑鄙齷齪的事卻很少做。

她不敢和受傷的人分房而睡，晚上，她只能靠在椅上打盹。

她因為太過疲勞，在這小客房的木椅上竟睡著了，朦朦朧朧間，有人輕輕推開房門，她正驚覺，兩臂已被四條強而有力的手抓住，她這才從沉睡中完全清醒了過來。

「老刀子！這娘們兒來路可不正，說不定手底下也有兩下子，你可得留點神！」

這是叫作「小王頭」的那車把式的聲音。

「老刀子」就是那店夥，怪笑著說：「小王頭，你就心定吧！連個娘們兒都做不翻，我宋老刀還出來現什麼世！」

孫敏心裡大怒：「原來這車把式不是好東西！」

她方在暗忖，卻聽得宋老刀又道：「我看床上躺著的兩個，八成兒是江洋大盜，說不定將他們送到官府裡去，還可以領賞哩！」

孫敏知道自己只要一抬手，憑著自己的功力，不難將這兩個草包拋出去，但她心中轉了幾轉，卻仍假裝睡著，沒有任何舉動。

「別的我都不管，我只要這娘兒陪我睡幾晚。」小王頭淫笑著道。

「這幾天我只要一看著她，心裡就癢癢的！」他哈了一聲又道，「我小王頭就是這個毛病，銀子，我倒不在乎。」

孫敏極快地在心中動了幾動，種種的憂患已使她在做任何一件事之先，就先考慮到退路。

她想到若將這兩個渾蛋除掉，那以後她就得自己趕車，每一件事就都得自己動手做了。

「我是不是能做得到呢？」她考慮著。

「這娘兒倒睡得沉，像是玩了幾次一樣。」宋老刀怪笑著。

孫敏更大怒：「我豈能被這種人侮辱！」她雖然事事都考慮周詳，但本性也是寧折毋彎的性子，怎肯受辱。

於是，她暗將真氣運行一轉。

「宋老刀，我得借你的床用用，不瞞你老哥說，我實在熬不住了，尤其看到這娘兒臉上的這……」

小王頭話未說完，突地身子直飛了出去，砰地撞到土牆上，又砰地落了下來，眼前金星亂冒，屁股痛得像是裂了開來。小店裡那用泥和土磚做的土牆，被他這一撞，也搖搖欲倒。

那邊宋老刀也被跌得七葷八素。

孫敏卻大為奇怪：「我還沒有動手呀，這兩人卻怎的了！」

回頭一看，又險些驚喚出聲。

在她身側，卓然站著一人。

因為這間斗室中的陰暗，是以她看不清這人的面貌，只覺得此人衣衫寬大，風度甚為瀟灑。

孫敏只看得見他的一雙眼睛，凜凜有威，正待說幾句感謝的話，那人卻擺手道：「你不用謝我！我也不是特地來救你的。」口氣竟生冷已極，轉瞬之間，已失卻了安慰的味道。

第八章　萬劍之尊

孫敏立刻忖道：「這人的脾氣，怎地如此之怪？」

卻見那人一抬腿，已跨到小王頭身側，冷然道：「你罪雖不致死，但也差不多了。我若不除了你，只怕又有別的婦女要壞在你的手上。」

他聲音冰冷，聲調既無高低，語氣也絕無變化，在他說兩種絕對性質不同的話的時候，卻絕對是同樣的音調。

那就是說——他語氣之間，絕對沒有絲毫情感存在，像是一個學童在背誦著書上的對話似的。

可是，小王頭聽了，卻嚇得魂不附體，哀聲道：「大爺饒……」

他的「命」尚未說出，那人衣袖輕輕一拂，小王頭的身體就軟癱了下來。

那邊宋老刀大叫一聲，爬起來就跑。

那人連頭都未回，腳下像是有人托著似的，倏然已擋到門口，剛好就擋在宋老刀身前，冷然道：「你要到哪裡去？」

宋老刀冷汗涔涔而落，張口結舌，卻說不出話來。

那人又道：「你的夥伴死了，你一個人逃走，也沒有什麼意思吧？」

「我還有……」

「你還有什麼？」那人冷笑道。

宋老刀凶性一發，猛地自懷中拔出一把匕首，沒頭沒腦地向那人的胸前刺去。

那人動也不動，不知怎地，宋老刀的匕首，卻刺了個空，那人已憑空後退一尺，袍袖再一拂，宋老刀「哎呀」二字，尚未出口，已倒了下去。

坐在椅上的孫敏，看得冷汗直流。她雖是大俠之妻，但她有生以來，卻從未看過這種驚世駭俗的武功，也沒有看過像這人這麼冷硬的心腸！別人的生死，他看起來都像是絲毫不足輕重的，而他就像佛祖似的，可以主宰著別人的生死。

那人身形一晃，又到她的面前。

孫敏心中大動：「有了此人之助，我們不能解決的問題，不是都可以完全迎刃而解了嗎？」

那人冷冷道：「以後睡覺時要小心些！別的地方可沒有這麼湊巧，再會碰到一個像我這樣的人，也住在你同一家客棧裡。」

孫敏怕他又以那種驚人的身法掠走，連忙站了起來。

卻見門口忽然火光一亮，一人掌著燈跑了過來，看到躺在門口的宋老刀，哎呀一聲，驚喚了出來，手中的燈也掉了下去。

可是，就在那盞燈從他手中落在地上的那一剎那間，孫敏只覺得眼前一花，那盞燈竟沒有掉到地上，而平平穩穩地拿在那武功絕高的奇人手裡，她不禁被這人這種輕功，驚得說不出話來。

掌著燈走進來的店掌櫃，此時宛如泥塑般站在門口，原來就在這同一剎那，他也被那奇人點中了身上的穴道。

孫敏目瞪口呆，那人卻緩緩走了過來，將燈放在桌上，燈光中孫敏只見他臉孔雪也似的蒼白，眉骨高聳，雙目深陷，鼻子高而挺秀，一眼望去，只覺得有一種說不出來的感覺。

這人並不能說漂亮，然而卻令人見了一面，就永遠無法忘卻，而且那種成熟的男性之美，更令人感動！

他年紀也像是個謎，因為他可能是從二十五歲到四十五歲之間，任何一個年齡。

孫敏出神地望著他，竟忘記了一個女子是不應該這麼看著一個男子的，尤其是她才第一次和這男子見面。

那人一轉臉，目光停留在孫敏的臉上，臉上的肌肉，似乎稍微動了一下。就在孫敏第二次想說話的時候，那人身形一晃，已自失去蹤影。

就像是神龍一般，他給孫敏帶來了很久的思索。

然後她走到床前，俯身去看那兩個受傷的人，眉頭不禁緊緊皺到一處。原來伊風和凌琳，竟仍是昏迷不醒，傷勢到底如何？孫敏也不知道。她即使急得心碎，卻也無法可想。

她摸了摸兩人的嘴唇，都已乾得發燥了，她回轉身想去拿些水來，潤潤他們的嘴唇。

但她一回身，卻又是一驚！

原來先前那位奇人，此刻又冷然站在她身後，就像是一個鬼魅似的！他第二次又神不知鬼不覺地出現了，像是一道輕煙。無論來的時候，抑或是去的時候，都絕對沒有一絲聲息。

孫敏忍住了將要發出來的驚呼之聲——「前輩……」這是她在見到這人之後，第一次能夠說出話來，但僅僅說了這兩字，就被那人目光中所發出的一種光芒止住了，無法再說下去。

她望著他的眼睛，像是要窒息似的，連手指都無法動彈一下。

有些人可以絕對地影響到凡是看到他的人，而此人便是屬於這一種人。

「我是來救你的，不是來替你找麻煩的……」他向宋老刀和小王頭的屍身一指，說道，「但是這兩具屍體，卻一定會替你找來麻煩。」

他仍然是那種冷冰冰的語氣。但是孫敏卻似乎從他這種冷冰冰的語調裡，尋找到一份溫暖。

於是她笑了笑，說道：「謝謝前輩！」

刻，不知怎的，她對這人竟有說不出的關切。

「別人都叫我劍先生，你——你不妨也叫我這個名字吧！」他輕描淡寫地說道，像是任何一個普通人，在說自己的名字時的神態。

然而劍先生這三個字，卻使得孫敏幾乎不相信自己的耳朵，她驚異地望著她面前的這個奇人，心中卻有如一個頑童無意中確定了被他遇到的一人，竟是他所看過的童話中的英雄一樣。

因為劍先生這三字，二十年來在武林所代表的意思，就是神秘、神奇和神聖的混合！而這麼多年來，人們只聽到他所做過的奇事和他的俠義行為，卻從來沒有人能和他面對面地說話。

那麼，孫敏此時的心情，就很容易瞭解了。

因為她也和大多數人一樣，早就聽到過劍先生這個名字，她再也想不到自己能碰到他！也更想不到面前這看來極為年輕的人，竟是二十多年來，被武林中人視為劍仙一流人物的「萬劍之尊」劍先生！

斗室中倏然靜寂起來，然而窗外卻已有雄雞的啼聲！

劍先生眼中泛起一絲難以覺察的笑意，然而臉上卻仍然是那種無動於衷的神色，彷彿是世間沒有任何人或任何事，可以感動他似的。

「他一定受過很深的刺激。」孫敏直覺地想道。眼光自他臉上溜下，發覺他在這麼冷的天氣裡，穿著的不過是件夾衣。

「此地已不能久留。」劍先生道，「我也是四處飄遊，沒有一個固定的住所，不過我可以將你們帶到我的一個至友之處。」

孫敏暗忖：「原來他也是有朋友的。」

卻聽得劍先生又道：「那所在離此並不甚遠，我們先到那裡，治好這兩人的傷再說。」他說得極快。

然而在他心中，卻閃過一點他已經多年來沒有的感覺。「我怎會又惹來了這些麻煩？」他暗自怪著自己。

正如孫敏所料，這武林中的奇人劍先生，確是受過很深的刺激，是以多年來他絕沒有和任何一人，說過這麼多的話。

此刻他自己也在奇怪著，為什麼會對這個女子這麼關切？他外表看來年紀雖不大，然而那不過是因為他其深如海的內功所致。

是以他認為自己已經到了忘卻「男女之情」的年齡。

然而世事卻如此奇怪：在你認為已經絕不可能的事情，卻往往是最可能的！

他朝窗外望了一眼，那小窗的窗紙，竟已現出魚白色了，甚至還有些光線射進來。

他再看了那兩具屍身和那被他點中穴道的店掌櫃一眼，說道：「你會套車嗎？」

孫敏點了點頭，心想這人真是奇怪，既然幫了人家的忙，卻叫人家女子去套車。

「我將這兩具屍身丟掉，你快去套車！還有這廝雖被我點中穴道，耳朵卻仍聽得到，也萬萬留他不得！」他平靜地說道。

孫敏知道在他這平靜的幾句話中，又決定了一人的生死之時，她也恍然瞭解了他為什麼要自己套車的原因。

於是她轉身外走。

哪知剛走出房門，又不禁發出一聲驚呼，「噔噔噔」，倒退三步，眼中帶著驚懼之色，望著門外。

第九章　三心神君

孫敏歷劫之餘，帶著受傷的愛女凌琳，和力斃奪命雙屍後自己也受了重傷的救命恩人，連夜奔下華山，在險被車夫所辱的情況下，卻遇見了武林中盛傳已久的異人——劍先生。

自三湘大俠凌北修為群小所乘而死後，孫敏這些年來，可說是歷盡艱辛，無論在哪一方面，都比以前堅強得多。

可是在她走到門口的那一剎那，她仍不禁被門外的一事駭得脫口而呼……

此時曉色方開，但門外的走廊仍然陰暗得很，牆角昏黃的燈籠猶自有光，在這種光線下，走廊裡當門而立站著一條人影，依稀望去，這條人影身上穿著的衣衫，赫然亦是金色。

孫敏驚弓之鳥，自然難免駭極而呼。

就在她驚呼的尾音方住的那一剎那，劍先生瘦長的身軀，已如電火一閃掠了過來，低喝道：「什麼事？」

這低沉而堅定的聲音，立刻帶給她極大的安全之感！

但是她的目光，仍不禁驚駭地望著那條穿著金衫的人影。

「難道天爭教竟真的如此神通廣大。」她暗忖著，「我這樣隱藏自己的行跡，怎地還是被他們追蹤而來？」

心念一轉，又忖道：「可是我又何必害怕呢？我旁邊站著的這人……」

她側目去看劍先生，那位武林異人正以他那種慣有的冷靜之態，凝目門外，他永遠讓人家無法猜透他的心意。

那條人影此刻又向他們緩緩走來，居然也是冰山般地沒有任何表情露出。直到他面對面地站在劍先生面前，孫敏竟從他那也是蒼白得沒有一絲血色的臉孔上，看到一絲笑容。

她再一望劍先生，卻見這奇俠臉上也正有一絲相同的笑容慢慢泛起。她心裡不禁奇怪：「難道他們竟是朋友？」

「可是名聞武林的萬劍之尊，又怎會和天爭教徒是朋友？」她又不禁驚慌起來，「難道這昔年以一柄鐵劍，連闖武林七大劍派所布下的九種劍陣的異人，也和天爭教有著什麼關聯嗎？」

須知她身處危境，自然什麼事都會往最壞的那一方面去想，於是她悄悄讓開兩步，目光卻緊緊地留意著他們的動態。

驀地，劍先生和那金衫人同時伸出了手，緊緊握在一起。

「呀！他們果然是朋友。」孫敏為自己確定著，心中忐忑不已，不知道又會有什麼惡運要落在自己身上。

這時，那兩人緊握著的手竟仍未分開，他們那同樣蒼白的面龐上泛起的同樣的笑容，也仍自掛在嘴角。

但是，從他們那四隻滿聚神光的眼睛裡，卻可以看到他們的凝重之態，既像是久別重逢的故友，卻又像是互結深仇的敵人。

這卻讓孫敏越發不懂了。

良久，那個金衫人嘴角的笑容，漸漸消失，而將薄而冷峭的嘴唇，緊閉成一道弧線，嘴角微微下垂，像是裡面的牙齒也在緊緊咬著。

孫敏趕緊再去看劍先生面上的神情，卻見他臉上的笑容仍自未斂，她暗自鬆了口氣。因為她知道，若這兩人是敵非友，而他們也是在互較內力而非握手言歡的話，那麼照目前的情況看來，毫無疑問的是：劍先生已占了上風。

這是她暗鬆一口氣的原因之一，何況她以情況揣測，這兩人顯然在較量著內力，而並非她先前所想的握手言歡。

她高興之餘，又不禁驚駭！「這金衫人的內力，竟已到了能和『萬劍之尊』一較短長的地步，天爭教中，何來如此高手？」

她心念頻轉，目光再落回劍先生身上，卻見劍先生倏然一鬆手，臉上的笑容益見開朗。

那金衫人已撤回手，怔了片刻，卻也張口大笑起來。

可是孫敏見了這人的神情，卻不禁覺得有一陣涼意，自腳跟升起。

原來這金衫人看起來雖是笑得極為開心，然而卻絕無一絲笑聲發出，只是臉部的肌肉扭曲成一個笑的形狀而已。

這情形使得孫敏幾乎以為自己已經變成聾子，但是別的聲音，她卻又可以照常聽得到呢。

孫敏悚慄之餘，心念一動，不禁暗笑自己：「我雖不聾，可是他卻一定是啞巴。唉！我怎麼連這點都沒有想到呢？」

她驚悸之下，心思也不大如前靈敏了。人類的思想，本就是受著環境影響的。

這兩人這一相視而笑，孫敏已覺不妙。再看見那金衫人竟又一張臂，擁住劍先生的肩頭，口中嘴皮連動，像是在說著什麼話。孫敏心頭又一涼，先前的設想，又全部推翻。

「這兩人還是朋友！」她現在已被他們這種玄虛的舉動，弄得非常莫名其妙。

而他們到底是敵是友？她再也不能妄加推斷。

只是她卻更為注意地望著他們，因為她認為：這兩人若是朋友，那她自身安全，就可能不保，因為這金衫人顯然是天爭教下的金衣香主呀！

接著，另一事又使得這可憐的婦人幾乎不相信自己的眼睛！

原來劍先生此刻嘴皮也在連連動著，只是，也沒有任何聲音發出。

孫敏揉了揉自己的耳朵，「難道我真的聾了嗎？」她暗自吃驚。但是窗外一聲雞啼，卻又使她證實了自己「聽」的能力。

現在，她是完全迷惘了，她不知道自己該怎麼辦！假如這兩人對她有惡意，那麼她無論如何也跑不了，這是她極為清楚的。劍先生一轉身，和那金衫人並肩走到床前，他們背對著孫敏，孫敏更不知道他們在做什麼。只看到劍先生的手，彷彿向自己指了指，那金衫人就回過頭，冷然望了她一眼。

孫敏心裡又不禁「撲通」一跳。

這金衫人的兩道目光，竟比秋雨中的閃電還要銳利，使得她不得不避開人家的目光，畏縮地站在門邊。漸已剛強的她，在這詭異的兩位奇人之前，又變得像是回到二十年前，仍是雲英未嫁的弱女那麼懦弱了！

那金衫人目光在她身上轉了幾轉，突然道：「你三根本弱，積勞又重，若再不靜養，那麼內外交侵，更是不治之症！」

他又一指榻上的兩人道：「這兩個人受了陰寒掌力所傷，雖然仗著根基好，但命門之火已冷，更是危在旦夕！」

也和劍先生一樣，他說話的聲音，亦是毫無頓挫高低。

但是使孫敏驚異的卻不是這些，而是這個她以為人家是啞巴的人，竟然開口說了話。語氣之中，對自己不但絕無惡意，而且彷彿醫道甚精，像是肯為愛女他們療傷的樣子。

她驚異之餘，又覺得高興得很。至於他所說有關自己的病，她卻完全沒有放在心上。天下父母為子女者，往往如是。

但是，那金衫人說了這兩句話後，卻住嘴不再發言。孫敏不自覺地朝前走去，耳畔卻聽劍先生的聲音，說道：「這位金衫人就是昔年的三心神君，你有幸遇見此人，令愛和那個年輕人的傷勢……」

孫敏方聽到此處，卻見金衫人袍袖一揚，劍先生的語聲竟突然中斷。那金衫人卻道：「你這廝又在嚼什麼舌頭！我老人家雖然多年來不問人間之事，但是看在你的面上，這兩人我一定管了就是。」

他嘴角又泛起笑容，但語聲中卻仍無笑意。

而孫敏此刻心中，卻閃電般轉過無數念頭：「呀！此人竟是三心神君！

我還以為他是天爭教的金衣香主呢。我真是笨！難道所有穿金衫的人，都是天爭教下的嗎？」

「我真幸運，居然在同一天晚上，遇見了兩個武林中只聞其名，卻極少人有緣一見的奇人！尤其這三心神君，武功雖絕高，行事卻反覆無常，這就是人家為什麼叫他『三心神君』的原因。而且武林傳說，此人除了武功深不可測外，詩詞絕妙，醫術更是通神，幾乎已有起死回生之力！琳兒和那位年輕義士，有了他的幫忙，大概不會有什麼問題了！」

此刻她心中的欣喜，真是難以形容！抬頭一望，這兩位奇人又在微笑著說話，但是他們說話的聲音，自己仍然一句也聽不到，她心中又一驚：「難道他們已將『傳音入密』的內功，練到隨意可以控制自己聲音的境界嗎？」

她目中所見，俱是不可思議之事，這原因就是因為她所遇見的，正是武林中不可思議的人物——萬劍之尊和三心神君。

這三心神君本是浙東雁蕩山下的一個樵夫之子，但是卻遇奇緣，自雁蕩絕溝之中，得到了古之神醫華佗遺留的一本秘笈。

華佗，不但醫道通神——這是他久為世人所知之處——而且還是一代武學宗師。

這樵夫之子，得到那本秘笈之後，十數年間，以絕大的智慧和絕大的定力，練成了一身驚世駭俗的武功。

但是，卻因為他在幼年時，便獨自修習這種絕高內功，受了無數的苦，心情不免偏激，甚至可說是有些失常。

他武功既成，認為自己受了這麼多苦，就該有所補償，是以行事任意所之，完全不理會世間一切善惡、道德規範。

是以武林中人背地裡就稱呼他為「三心魔君」。

他知道了，也不生氣，卻將「魔」字改為「神」字。

三十年後，在武林中聲威顯赫無比——也是惡名昭著而已！

可是，他生平卻只服一人，那就是武林中另一奇人劍先生。因為他們性情上有許多相似之處。

只是劍先生不但武功較勝他一籌，而且「善」、「惡」之間，也分得遠比他清楚。

這三心神君二十多年前，突然銷聲匿跡，和劍先生一樣，沒有為著任何理由，只是厭倦風塵而已。

他在深山之中，潛居那麼多年——自然除了養花採藥之外，對於修煉內功，更不會忘記——這種避世的生涯，除了他這種有絕大智慧和異乎常人的性格的人之外，誰也無法做得到。

但是，他也有靜極思動的一天。

於是他飄然又回到人世，而天下之事，又那麼湊巧，他竟也投宿在這荒村野店之中，劍先生的舉動，他都瞭解。

兩人見了面後，一言未發，他竟就在劍先生身上，較量起自家的功力起來。

這就是奇人奇行！

他們的內功，自然也是不可思議，「傳音入密」之功，已入化境。

所謂傳音入密，就是內功絕頂之人，能將自己的聲波，收斂自如，而隨意灌注到任何一人的耳中去，別人卻無法聽到，這在普通人聽來，非但不可思議，而且已幾近神奇了。

方才劍先生「傳音入密」傳聲孫敏之時，三心神君袖袍一展，以無比掌風，震散了劍先生凝練的聲波，是以孫敏會突然聽不到話聲。在這兩位奇人之前，她的武功自然已是有些幼稚了。

抬起頭來，目光投在劍先生身上，而劍先生也不自覺地朝她一笑。

於是她走到床前，輕輕去撫弄她愛女的秀髮。

此刻她的疑懼、不安，都已成為過去。代之而起的卻是無比欣喜。

婦人多半在嗅到一點幸福氣息的時候，就會牢牢地去捉住它。孫敏也不例外——雖然她並未開始捕捉，卻已開始幻想了。

「琳兒的傷若好了，而能拜在他們兩人任何一人的門下，那該多好！」

她禁不住微微一笑，但卻又有些淒婉地忖道：「琳兒父親的大仇，能不能報，要到哪一天才能報？就要看自己的努力了。至於我——」

她暗中幽幽長歎一聲，彷彿有眼淚在目眶中流出，眼簾一夾，不忍再往下想了。

於是，她又側過頭，去看那兩位武林中的異人。

哪知劍先生那一雙朗若明星般的眼睛，也在望著她，目光中甚至已有些溫柔之意。她不禁心中又泛起一絲漣漪。

可是，她雖為愛女幻想幸運，對於她自己，她卻不敢去期望什麼，祈求什麼。

這也許是所受的創傷，已斷了她對幸福憧憬的勇氣了吧！

第十章 終南山去

三心神君和劍先生，互以內家絕頂功夫「傳音入密」說話，倒並不是不願讓孫敏聽到，而僅僅是他們生性如此，高興這麼做而已。他們所說的話，也不過是互道這數十年的經過罷了。

可是，孫敏卻不這麼想。

「他們在說什麼話呢？為什麼不讓我聽到？」

她暗忖著，此刻她若有三心神君的功力，也會一掌震散他們的聲波。

她垂著頭，因為她不敢去接觸人家的目光。而她臉上所帶著的那種似喜似怨的淡淡憂鬱之色，任何人見了，都不免生憐。

劍先生微微一笑，只是他的笑容，卻很難被人家發現。

「三心神君，雖具無上神通，但是他倆的傷，卻也不是在片刻之間，就可以醫癒的。」他向孫敏說道，語氣已不如先前的冷漠生硬。

然後他目光一掃，又道：「這裡我們也勢難久留。」

他側目向三心神君道：「剛剛你沒有來的時候，我本來準備將他們送往終南山……」

三心神君立刻打斷他的話，道：「終南山那老牛鼻子還沒有死呀？」

這兩人彼此說話的時候，隨便已極，全然不遵守當時世人說話時那種彬彬有禮的規範，只是任意說出而已。

劍先生道：「玉機道人命可沒有你長，七年前已經羽化登仙了。可是他的首徒妙靈，卻已是終南派的掌門人。」

他一笑又道：「就是昔年你我在終南山上對弈時，那始終等候在我們旁邊，你以中押勝了我一局之後，還傳給他一手『五禽身法』的那個稚齡道童，現在人家已是陝甘一帶武林中的名劍客了！」

三心神君嗯了一聲。

孫敏卻忍不住問道：「可就是終南劍客玄門一鶴妙靈道人嗎？」

劍先生微一頷首，又道：「老實說，這兩人受傷太重，我也束手無策，想到那妙靈道人，昔年從你處也學了不少醫道，本來想到他那裡一試，可是卻沒有想到，徒弟還沒有見著，卻先見著師父了。」

三心神君哼了一聲，道：「想不到你也是人越老越滑，只要你肯拚耗一些真氣，為這兩人打通奇經八脈，這兩人傷勢再重，還用得著別人出手嗎？現在我已將這事招攬了過來，可也容不得你太舒服，事完之後，我也有件事，要麻煩麻煩你替我做做哩！」

「這個你倒是以小人之心度君子之腹了，你可知道我昔年練功時，棋差一步，雖將玄釋兩門都視為秘技的先天之氣練成，但因初步功夫，求速太急，以致現在弄得真氣一發，便難收拾，勢必傷人而後已，想以此療傷，不是做不到，只怕在緊要關頭，我所用之力過剛，不但不能助人，反而害人，是以我就沒有輕易出手罷了。」

三心神君目光一轉，臉上卻露出喜色，緩緩說道：「這一下先前我所說之事，不但不是我求你，卻是你要求我了。」

他故意話聲一頓，果然望見劍先生臉上有些心動之色。

「只是現在說出，為時還早，日後你只要幫我那事完成，我也可以將你這大成中的小缺彌補。」三心神君道。

劍先生神色果然又一動，張口想說話，但心念微轉，又咽了回去，卻說：「我們只顧自己這裡說話，把人家都忘了。」

他微指窗外，又道：「此刻天已大亮，我們在此間一日行程，大概就可以趕到終南。」

他微微一笑，又道：「你我昔日終南一別，至此已有二十餘年，我記得在終南絕頂之上，你我還有一局殘棋未竟呢。你那時被我圍去一角，推說有事，竟賴掉了，可是現在我卻容不得你再如此推諉了。」

三心神君哈哈笑道：「好，好，好！你可知道，這二十多年來，我除了養花採藥之外，天天都在想著那一局殘棋的破法，這次你又輸定了。」

孫敏聽著這兩人的對答，知道這兩人雖是奇行異癖，但卻都是性情中人，尤其這萬劍之尊，他出道江湖後，從未示人姓名來歷。自己初見他時，亦覺得他性情冷漠，不通人情。但此刻一看，他在那冰山般的外表下，也有著滿腔和常人一樣的熱血哩！只是他隱藏得較嚴密，別人無法發現而已。

他們所投宿的小店，是在方過臨潼，不到長安的一個小鎮上。

孫敏套好車馬，便在天雖已明，但辰光仍早之際，離店而去。

劍先生和三心神君遊戲風塵，隨意所之，都未曾騎馬。孫敏車雖套好，但她卻又勢必不能坐在前座，權充馬夫。

這一來是因為傷病之人，仍須她在車內照顧，再者她以一個女子，總不能在道上如此拋頭露面呀！

何況在旁虎視眈眈的還有密佈江湖的天爭教，她也不能不為之顧忌。因此，她為難地怔住了。

三心神君目光一掃，微微笑道：「此行雖非遙，但若帶著兩個重傷之人，卻非易事。我看就委屈我們這位萬劍之尊一下，為姑娘權充車夫好了。」

日光下，他眼角額上已可看出不少皺紋，他內功雖已參透造化，但歲月侵人，他仍無法抗拒自然的威力，只是他率性而為，說起話來，卻仍像個未經世故的年輕人。

只是，他那種說話的聲調，使人聽起來，仍有一份冷冰冰的感覺。

孫敏感激地望他一眼，對這聲名傳遍宇內，奇行震撼武林的奇人，大有好感。

目光動處，又落在傲骨凌雲的劍先生身上，她實在不敢想像這位武林巨人，會為自己充當車夫。

哪知劍先生卻笑道：「你莫以為這難倒了我，當當車夫，也未嘗不可。可是我卻要你跨在車轅上，做一個牽馬提鐙的隨行小廝，你自詡……」

三心神君接口笑道：「只要我高興，什麼事我都能做，做做小廝，又有何妨？」

他轉臉向孫敏道：「只是姑娘的這車夫和小廝，走遍天下，恐怕也找不出第二份哩！」

他笑聲清悅，絲毫沒有不滿之意。

這類奇人行事，常人實在無法揣測，坐在車裡的孫敏，心中不知如何想法。「劍尊車夫」，「神君小廝」，這令她簡直不相信會是事實！但俯目所見，日光卻已從車窗中依稀照了進來。

她望著被日光所照著的愛女凌琳，嬌美如花，但卻憔悴不堪的面靨，和那她尚不知道姓名，人家就為她冒死卻敵少年的俊美臉孔，不禁升起一縷幸福之遐思！

她突然覺得自己由一個平凡的婦人，而變得有如皇后般尊貴。因為即使是皇后，也無法叫這兩位奇人來充當自己的車夫和小廝。

這份尊榮，是世間所有的一切，都無法換取的。

「而我，」她思忖著，「卻得到了！」

這突來的幸福，使得她迷惘了起來。這也許是她所受的苦難，已經夠多了吧！

車聲轔轔——不知什麼時候，她已睡去。這麼多天來的勞頓，她本已倦極，此刻心神大定，自然睡得極熟。

日光隱沒，已交戌時，馬車越過長安，來到終南山腳。

終南山位於長安之南，為道教名山之一。終南劍派，在中原七大宗派外，自成一家。昔年終南派掌門人玉機道人，以掌中松紋劍，和終南鎮山之

「七七四十九手迴風劍法」，稱譽武林。

玉機道人雖然身懷絕技，但卻絕不輕易炫露，收徒又極嚴，是以終南弟子也大多是內外兼修，清淨無為的玄門道者。這些年來，終南派雖因不常涉足武林，是以名聲輕微；但是武功卻日漸精進，偶一出手，便是驚人之筆。不像武當、崆峒等其他玄門劍派，到後來竟變得有如江湖幫會一樣。

此時終南派的掌門人妙靈道人，接掌終南門戶，雖只七年，但已將終南派整頓得更是日漸其昌。多年來他雖只出山一次，但終南劍客玄門一鶴的名聲，在武林中已是非同小可！

終南山多年來，都是清寧安詳，極少有江湖中人，斗膽到這名山上生事。是以劍先生才會選中這地方，作為孫敏母女等的養息之地。

哪知事情卻大出意外——

夕霞已退，夜幕深垂，遊戲人間，率性江湖的劍先生，端坐在馬車前座之上，手中馬鞭倏然揚起，左手繩微帶，輕輕呼嘯一聲，馬車便在終南山入山之口停下。

三心神君也飄然下了車轅，笑道：「看不出你除了柄鐵劍上有些玩意之外，趕車的本事也不小。這一點，我又是萬萬不及的！」

劍先生笑道：「你這魔頭！少逞口舌之利，還是留點心思，在那局殘棋上多下點功夫吧！」

回身輕叩車廂，示意孫敏地頭已到了。

孫敏這才自迷惘、混亂，但卻帶著些甜意的夢中醒來。車廂中黑黝黝的，她知道天已黑了。再探首窗外，眼前高山在望，一條雖然寬闊，但卻十分崎嶇的山路，蜿蜒入山而去。

她趕緊跳下車，略略理了理鬢髮，嫣然一笑，輕輕說道：「這就是終南山嗎？」

黛眉一皺，又道：「馬車既然不能上山，車子裡受傷的兩人怎麼辦呢？」

劍先生沉吟一下，還未答言，三心神君卻又笑道：「這一回不要你做車夫，但卻要你做馬了！」

他潛居深山二十餘年，每日除了聽風聽雨，以及鳥語蟲鳴之外，寂寞已極！而這種難堪的寂寞，卻使他本來捉摸不定的性格，改變了一些。

是以當他和幾乎是他世間唯一友人——劍先生巧遇之後，雖然知道自己潛修的內功，仍然比不上人家，但是心情卻愉快已極！

這並不是說他已將勝負之嗔看得淡了，而是故友重逢的那一份喜悅，遠勝於他對勝負之間的嗔念。

心情輕悅之下，是以他每一出口，多是帶著些詼諧調侃意味的話。而落落寡合、孤傲無比的劍先生，深知其人，也不以為忤。

他此話一出，孫敏還弄不清是什麼意思，劍先生已笑道：「佛說：『芸芸眾生，皆可成佛。』人亦是生，馬亦是生，枉你潛修多年，連這點禪機都參不透！來，來！你也是馬，我也是馬，你我就將這輛馬車，拖上山去吧！」

孫敏心中暗笑，想不到，冷漠如冰的劍先生，此刻也會說出這等話來。

三心神君跨前一步，手掌輕輕一揮，那套著馬的兩條車轅，忽地一齊折斷，像是被極鋒利的刀斧砍過一樣。

他微笑著，將手掌往車廂上一貼，左手袍袖一拂，將那匹已經自由了的馬，驅得落荒而去，口中卻朗聲說道：「劍先生說：『他就是馬，馬就是他。』此刻我放了馬，就如同放了他一樣！」

轉頭向劍先生笑道：「喂，這等深恩，你該如何報法？」

孫敏不禁笑出聲來。

這一日來，她的心境無法形容的開朗，因為她許多懸心不下的事都有了解決。

劍先生也微微一笑，他雖然使得孫敏的困難，迎刃而解，可是孫敏，卻也使得這孤僻的奇人，沉鬱多年的心境，輕悅起來了哩。

他在三心神君的另一側，也將手掌在車廂上一按，兩人同時微微一笑，好像掌上有著絕大的吸力似的，竟將那輛沉重的大車吸了起來，夾在兩人的手掌之中，從容向山上走去。

孫敏已知他兩人的功力，倒也並不驚異，跟著他們，上山而去。

第十一章　名山生變

夜色深重，山路崎嶇。

但是這在普通人眼中非常艱難的道路，怎會放在萬劍之尊和三心神君心上，他們施然而行，彷彿是遊春踏青的雅士。

就連走在旁邊的孫敏，步履亦是輕鬆已極。只是這深山的寂靜，卻使得她心裡沉重得很！因為此刻已是嚴冬，連蟲鳴的聲音都沒有。只有風吹枯枝，簌簌作響，寂靜中已有蕭索之意。

轉過幾處山彎，道路更見窄狹。

三心神君對劍先生笑道：「看來真是一代不如一代，玉機道人的弟子，果然不如師父，將這些終南道士，弄得這麼疏懶，你看！」

他手微指山後，道：「此時方過戌時，正是晚課之時，但此刻非但聽不到誦經之聲，連道觀鐘鳴都沒有，想是那班道士都耐不住天意，縮進被窩裡蒙頭大睡了，我見著那小道童，倒要訓他幾句。」

孫敏聽他將終南掌門玄門一鶴，稱作小道童，不禁暗中好笑，心中卻忖道：「他看起來最多也只有四五十歲，但是成名江湖卻也有四五十年了，只怕他實際的年齡，已經很高，看來這內家功夫，一入化境，確有不可思議的效能，就連世間傳說的駐顏之術，也是可以做到的哩！」

劍先生卻雙眉微皺，加快了腳步，朝山深之處走過去。

再轉過一處山彎，前面有一片黝黑的叢林，他們筆直朝前走去，叢林間的小路，上面滿鋪著碎石，但是抬著一輛大車的萬劍之尊和三心神君，腳下卻依然沒有發出任何聲音來。

再走前幾步，孫敏才看見叢林裡的道觀，她心中卻也不禁一動，忖道：「時辰尚早，為什麼這道觀裡的燈光如此暗淡，真像是道人們都睡著了一樣，難道這終南派裡，真的都是懶蟲？」

劍先生更覺得事有蹊蹺，身形微長，竟單手托著那輛大車朝前縱去。

三心神君也收起了玩笑之態，掠前數丈，如靜夜中之灰鶴，說不出的那麼輕靈曼妙，絕無絲毫勉強造作。

孫敏也趕緊跟上去。

卻見那道觀前朱紅色的大門竟緊閉著，觀中也絲毫沒有人聲，這景象不是靜寂，而是死氣沉沉了！

三心神君正站在觀門前拍門，將那只紫銅門環叩得噹噹作響，但卻仍然沒有人走來的跡象，他朝劍先生望了一眼，道：「我進去看看。」

袍袖一拂就要從那兩丈多高的圍牆上縱過去。

哪知觀中突然傳出一道厲叱，一個嚴厲的聲音問道：「是誰？」

孫敏不禁暗忖：「這終南道人怎的這麼大火氣？」

隨著一聲厲叱，大門呀地開了，一個長袍道人當門而立，目光炯然望著門外，神情之中，彷彿戒備森嚴的樣子。

三心神君極為不悅地哼了一聲，朝那道人一望，說道：「想不到終南山自從玉機老道死後，排場越變越大，你去告訴你們掌門人，就說有故人來拜訪他。」

他將「拜訪」兩字，說得特別刺耳而沉重。

那道人又望了他一眼，忽然驚喚了出來：「慕容師伯！」

三心神君怔了一下，想不通這開門的道人怎會認得自己，和自己那極少為外人所知的名姓——慕容忘吾。

孫敏覺得身側輕風一閃，劍先生也掠了前去。

那長袍道人卻「噗」地跪在觀門道，道：「你老人家不識得小侄了嗎？」

三心神君目光上下打量這道人。

劍先生卻道：「你是否妙靈？」

那道人抬頭一望，在依稀的夜色中，認清了面前的兩人，狂喜道：「呀！劍師伯也來了！小侄就是妙靈。兩位師伯一去終南，已經三十年。可是風姿笑貌，卻一點也沒有改變哩！」

三神君頷首笑道：「你卻變了不少，想不到以前端著茶杯的道童，現在已經是名聞武林的大劍客，終南劍派的掌門人了！」

他轉臉向劍先生道：「歲月催人，時光不再，再過幾年，恐怕我們也要入土了！」

孫敏望著那正伏在觀門前的道人，驚異地暗忖：「難道他就是終南劍客，玄門一鶴！可是他以掌門人的身分，卻怎會自己走出來開門呢？」不怪她如是驚異，無論任何一個宗派，也斷沒有掌門人親自來開門的道理。

劍先生手一抬，將車托了起來。目光望著觀內，正殿上只有熒然一盞孤燈，散著昏黃之光。再望到妙靈臉上，卻見他清臒的臉上，憔悴已極。就知道這終南劍派，一定發生了什麼重大的變故。

「真是蒼天有眼！小侄再也想不到兩位師伯的仙駕，竟會來到此間！」

妙靈說話聲音中的喜悅，卻摻和著許多悲傷。他又道：「兩位師伯一來，終南派裡四百二十九個弟子的性命，算是撿回一半了！」

劍先生和三心神君慕容忘吾，雖然知道這終南派，一定發生了什麼重大的變故，可是一聞妙靈道人此言，堅毅冷漠的臉孔，仍不禁微微變色。

是什麼重大的變故，能使這終南派大小數百個道人，同時命在垂危呢？須知終南派創立以來，高手輩出，門下弟子也並非是無能之輩。那麼，此事豈非太過驚人嗎？

劍先生詫然問道：「賢契一別經年，已自長成，可賀可喜！只是——」

他語聲微頓，目光四掃，又道：「這終南山上，是否有變？」

妙靈道人長歎一聲道：「終南派確是遇著數百年來未有之劫難，小侄無能，實在束手無策。若不是兩位師伯前來，這開派已數百年的終南派，怕就是從此斷送了。」

話中情形之嚴重，使得不動聲色的劍先生，為之又微微色變。

妙靈道人又長歎一聲，然後輕音說道：「此地不是談話之處，兩位師伯請進觀去，小侄再詳細說出。」

劍先生和慕容忘吾將大車托了進去，孫敏也低首而入。

妙靈看到竟有一絕美女子和他素來最為敬仰的，自己逝世師尊的兩位至友萬劍之尊和三心神君在一起，心裡雖然奇怪，但口中卻不敢問出來，只是恭謹地垂立一旁。

大殿中燈光如豆，將這寬闊宏大的神殿，籠上淒涼之色，正中神像，羽衣星冠，右手微微握著劍柄，正是群仙中最為瀟灑的純陽真人，在這種燈光下，更顯得栩栩如生，直如真仙！

無論任何人走進此殿，心情也會為之一沉。孫敏更像是有著什麼東西，突然壓到心上，連氣都幾乎透不過來似的！

這偌大的一座道觀，除了妙靈道人外，竟再也看不到一條人影，孫敏有生以來，從未見過比這裡再淒涼的地方。

劍先生和慕容忘吾面色凝重，將伊風和凌琳自車中托出。

妙靈道人連忙過來，道：「兩位師叔，暫且將這兩位病人，送到小侄的房中去。」

他長歎一聲，又道：「這道觀中除了小侄之外，都已命如遊絲，朝不保夕了！」

陰暗的燈光下，他慘暗的面容更為憔悴，緊皺著的雙眉中，隱伏著的憂鬱，使得身為局外人的孫敏，也不免為之暗暗歎息。

人才濟濟，高手輩出，名滿武林的終南劍派，究竟為著什麼變故，會演變成這種地步呢？

第十二章　天毒教主

原來這一月來，終南派迭生巨變，門下弟子，連連病倒，得病之人，不但昏迷不醒，而且呼吸日漸微弱，病勢沉重已極！

起先，還以為只是患病而已，但是得病之人，越來越多，而且都是突然病發。

妙靈道人亦頗知醫理，但看視之下，竟看不出病源來，他這才大驚。因為他醫術傳自三心神君，不知要比世俗中的名醫，強上多少倍，而這病源，竟連他都看不出來！

只是得病之人，三根極弱，筋絡不通，竟有些像是被內家高手點中暈穴，但血液如常，卻又不像。

到後來，妙靈道人的再傳弟子，和幾個根基稍弱的弟子，竟相繼死去。就連他的幾個師弟，也無故病倒。終南山上，立刻愁雲滿布，沒有病倒的人，竟就剩下掌門人玄門一鶴妙靈道人一個！

這種嚴重之事，使得一向精明幹練的妙靈道人，也為之束手。他完全不知道原因，更不知道對策，就是求助，也無法可求。

妙靈道人，眼望著門下弟子，個個都是命如累卵，心情之愴痛惶急，可想而知。

他勢不能坐以待斃，但也別無他法。奇怪的卻是他自己未曾病倒，像是人家特地將他一人留下來的樣子。

後來，他果然證實了這想法的正確。

一日清晨，呂祖正殿的橫樑上，突然發現一張黑色紙箋，他取來一看，那張黑色紙箋上，竟不知用何物寫上白色透明的字跡，妙靈道人一看，字字驚人！

原來上面寫著：

字諭終南山玄妙觀主妙靈真人：百十年來，中原武林沉淪，八方俠士無主，以致武林爭端百起，仇殺日多。

本教主上體天意，下鑒世態，不得不在此紛爭紊亂之日，出世為人，一統天下武林之混亂。

因之，本教主擬以終南山為本教根據之地，此一名山，日後必因本教之昌，而更光大，觀主必也樂於聞此也。

再者，觀主天姿英發，若終生為終南所困，實為不智。因之本教主破格將汝收為弟子，但望觀主達意，聲言終南派從此歸依本教，則終南山上數百弟子，當可不藥而癒。因本教主絕不令門人日夕沉於病痛也。

下面具名：「天毒教主」。

這文理雖不甚通順，但詞意卻非常驚人的紙箋，使得妙靈道人看完之後，面如死灰！

他這才知道：門下弟子，都是中毒。

但這天毒教主施毒之法，以及所施之毒，都是詭秘玄奇得不可思議，而且很顯然的，妙靈道人若不答應這荒謬已極的「建議」，門下的弟子，便無藥可治！

這天毒教三字，妙靈道人從未入耳。天毒教主是誰？怎會有竟能使終南山數百道侶，在無形中受毒的神通？他都茫然。

最令妙靈道人驚駭震怒的，卻是這天毒教主，不但要自己將這先人創業多年的基業，雙手奉送，還要自己聲言天下武林，率領開宗立派已數百年的終南派，歸依到他那從未聽過名字的天毒教下。

這事別人聽來，也許極為荒謬可笑，但妙靈道人，卻絕對沒有這種感覺，因為他深深地體會到這張字箋的嚴重！

因為，如果他不答覆，門下垂危之弟子，顯然無救。而他雖是終南派的掌門，卻又怎能答應這曠古未聞的要脅呢？

他心情紊亂，惶恐萬狀！

可是，就在他接到那張「諭示」的第三天，終南山上竟來了救星。

在終南上玄妙觀後園竹林中的丹房裡，妙靈道人，滿懷悲痛地將這事原原本本說了出來。

凝神傾聽著的兩大武林異人——萬劍之尊和三心神君，雖然素來行事怪異，卻也從未聽過這樣的奇事。

因為自古以來，武林中無論成立任何宗派、幫會，都絕無在創教之時，以要脅手段，要求另一宗派，全部歸依於自己的。

三心神君冷哼一聲，道：「『上體天心，一統武林。』哼！我老人家還沒有聽過有這種狂人！也從不知道天下還有我老人家不能解的毒。妙靈！你引我去看看！」

劍先生微一沉吟，卻道：「不看也罷。據我揣測，這種無色無臭，能在無形中使數百人中毒，而中毒之人在昏迷不醒中漸漸死去的毒藥，普天之下，除了昔年五毒真君以守宮之精、蜘蛛之液、毒蛇之血、赤練之汁、蜈蚣之唾，合以苗疆深山絕壁中的瘴毒草，再加上幾種毒物合成的『蝕骨聖水』之外，恐怕再也沒有一種毒有此威力！」

他微微緩氣，又道：「五毒真君製成此物之後，適逢天下武林同道的君山之會，五毒真君竟想以此物將天下武林高手一網打盡，只是那『蝕骨聖水』也委實厲害，數百個武林高手，果然一齊中毒，五毒真君正自揚揚得意，哪知當時已功參造化的一個奇人，雖然中毒，但卻功力未失——逼著五毒真君取出解藥，才免了武林這一場浩劫。」

室中諸人都凝視著他，就連三心神君，也在靜聽他的下文。

他微喟一聲，又道：「五毒真君也被那位前輩異人，一掌劈死，只是他製成的一樽『蝕骨聖水』，據說只用了數滴，其餘的竟不知下落了。」

孫敏忍不住問道：「那毒水只用了幾滴，就能使數百個武林高手，一齊中毒嗎？」

劍先生緩緩道：「後來我才知道，那五毒真君是將毒汁滴入食水之內，雖僅僅數滴，卻已使那滿溪之水，都變成了極為厲害的毒藥，我一聽妙靈賢契所說的情形，便知道那『蝕骨聖水』，又再次出現。想來也必是終南山的食水溪中，被人施了這種毒汁，而中毒之人，功力深淺不同，是以發作的時間，也前後各異。」

妙靈道人卻懷疑地問道：「那麼小侄也曾飲過溪水，卻怎的絲毫沒有中毒的跡象呢？」

劍先生眉心緊皺，道：「這可能是施毒之人，為了留你有用，是以乘你不覺時，在你食物中暗暗放下解藥——」

三心神君卻道：「你卻又怎能如此確定，這毒就是那『蝕骨聖水』呢？昔年君山之會，我雖未及趕上，但也曾聽人說過，只是沒有這般詳盡罷了。難道天下就沒有第二種如此毒的毒藥嗎？」

劍先生微喟一聲，歎道：「我之所以如此確定，因為我那時年齡雖極幼小，卻也隨著先師參與此會，也中了如此之毒。

「近年我浪跡天涯，在滇西一帶，就曾聽到一位故人說起，五毒真君的蝕骨聖水，又重現江湖，卻想不到終南弟子，竟都中了此毒！」

孫敏雖然沒有聽過數十年前的魔頭——五毒真君的名字，但聽劍先生說得如此沉重，就知道此毒必定非同小可，黛眉不禁緊皺。

而妙靈道人更是惶恐不已，滿臉悲愴之色。

只有三心神君，兩眼微閉，似乎陷入沉思。良久，他才緩緩說道：「以七種以上的絕毒之物合成的毒藥，我也無法可解。」

他忽然目注劍先生道：「數十年來，我始終無法猜透你的師承來歷，你一說此事，我倒想起來了，那解藥放在何處，你總該知道吧？」

此話一出，眾人都不禁一怔！

劍先生也自面色微變，但仍沉聲道：「我之師承來歷，本無不可告人之處，你既然知道，就該知道我的苦衷。至於那解藥，昔年果有剩下，但那位前輩奇人，後來為著一事，痛恨天下人，將此解藥連同一本上面記載著他一生武功精粹的秘笈，和一顆兩百年前東海屠龍仙子所製，能奪天地造化之功的『毒龍丸』，都封在一個絕秘密的所在。聲言：日後若有一人吃了他當時所身受之苦者，才能得到此物。而那位武功妙絕天下的異人，竟在萬念俱灰的心境下，引刀自決了！」

孫敏和妙靈道人，都無法揣透劍先生口中的武林異人，到底是誰。

三心神君卻俯首沉思，突然凝聚真氣，以傳音之法，向劍先生道：「我和你相交多年，該算知友，此刻我只問你一言，武曲星君獨孤靈是你何人？他那本《天星秘笈》的藏處，普天之下，是否只有你一人知道？」

孫敏和妙靈道人，茫然望著三心神君，不知道他在說些什麼。

劍先生面上的神色，雖然極力控制，但仍大變。

他目光凝注三心神君，也以「傳音入密」之法，緩緩說道：「你既已猜破，多言何益？昔年之事，令我終生難安，是以我從來不以真面目示人。那本《天星秘笈》的藏處，的確天下只有我一人知道，但我除非遇到那位奇人口中所說之人，否則絕不會對人說出。」

三心神君雙眼一張，但卻立刻閉了起來，若有所失地說道：「我多年潛居，此次下山，多半就是為了這本《天星秘笈》，但我竟將隱居於青海穆魯烏蘇河，布克馬因山口的無名怪叟，認作是武曲星君獨孤靈的唯一弟子。我今晨才說有事求你相助，就是要你同往青海，尋找這《天星秘笈》的下落。」

他長歎一聲，竟不再傳音，放聲道：「哪知我差之毫釐，謬以千里，這心願只有落空了！」

他雙眼再次張開，兩道神光，利刃般地落在劍先生臉上，道：「只是你若不說出那解藥的下落，難道忍心眼看玉機老道的數百弟子，都葬送在這五毒真君的蝕骨聖水之下嗎？」

這兩位神色冷漠的異人，此時卻都大失常態。尤其是劍先生，臉上竟露出痛苦之色，顯見得內心之矛盾，已達極處！

孫敏緩緩踱到床前，突然看到那冒死救她的青年俠士，臉孔在燈光下蒼白可怖，輕輕伸手一探，鼻息竟已在若有若無之間，她大駭之下，忍不住「哎呀」一聲，脫口驚呼了出來！

這一聲驚呼，使得丹房中另外三人，目光都轉到她身上。

「他……他看樣子不成了！」孫敏惶急地說道，焦慮之情，溢於言表。

三心神君又長歎一聲，走到床前道：「我救得一人，且救一人。」

側目一望劍先生，又道：「至於其他的數百條人命，就全操在你的手上了！」語聲沉重。

孫敏微喟，忖道：「看來人言真的不可盡信，江湖上傳言三心神君惡名彰著，哪知卻是個宅心仁厚的俠士！」

她卻不知道，三心神君，潛居二十餘年之後，早已大大地改變了性情哩！

第十三章　不堪回首

兩個時辰之後，昏迷不醒，命如遊絲的伊風，緩緩睜開眼來，發現自己在一間房頂甚高的房間裡，四肢百骸，卻都像是散了一樣，兩隻炙熱的手掌，在他身後緩緩移著，掌心發出的熱力，使得自己身體裡面，發生了一陣陣奇妙的反應。

他知道是有一個內家高手，正不惜耗損元氣，來為他打通奇經八脈。他不知道人家是誰，心裡也朦朦朧朧的，混沌一片。

然後，他想起了自己暈迷以前的事，心中不禁暗地奇怪。

這些天來，他一直陷於昏迷中，所有發生的事，他都不知道。此刻他雖已恢復知覺，但無論氣力和心智，都還衰弱得很，甚至無法集中思想去思索任何一件事。

但是，他的命總算撿回來了，他身受奪命雙屍的兩處重創，連日車馬奔波，再加上這些日子來心中一直積鬱未消。於是外狼內虎，交相煎熬，到了妙靈道人的丹房中，生命中所剩下的精力，已經很難支持他再活下去了。

三心神君檢視之下，才發現他的傷勢，竟比自己想像中還要嚴重得多！但為了自己曾經對人家的允諾，竟不惜以多年來採集而成的靈藥，費了無窮心血才製成的「再造丸」，增強了伊風生命的機能。然後再拚耗自家的真氣，為他打通奇經八脈，除了三心神君之外，世上恐怕很少有人能自冥冥中，奪回他十成已死了九成的生命了。

伊風自己，可不知道自家所遇的絕世奇緣，只覺得在自己身上移動的手掌，愈來愈急，之後竟改撫為拍，瞬息之間，自己身上的一百零八處大穴，都被人極快地拍了一遍，心中一暢，濁氣欲出，「呀」地，吐出一堆帶著血絲的濃痰。

三心神君住手的時候，額上已經微微沁出汗珠，他仍盤坐未動，悄然合上眼睛，讓自己的真氣在耗損之後，恢復一下。

室中靜得怕人，妙靈道人垂手而立，滿臉悲愴，像是一尊石像似的，呆呆地站在那裡。

劍先生垂目而坐，面上雖然毫無表情，但從他緊握著的手掌中，不難看出這位武林異人的思想，正陷入極度矛盾之中。

孫敏則睜著眼睛，瞬也不瞬地望著正在為自己的恩人療傷的三心神君，直到伊風醒來，吐出一口濃痰，她才鬆了一口氣。

至於凌琳，她的傷勢較輕，方才服過三心神君的靈藥，已自沉沉入睡。嬌美如花的面靨上，已隱隱泛出紅色。

傷者已癒，孫敏心事頓鬆。轉眼一望，看到劍先生的神色，又不禁惻然！她雖不知道這位對她特別好的異人，有什麼事發生，但卻知道他一定有著極大的困難。而此刻，她不禁深深希望自己有這份能力去幫助他。

良久，丹房中才從死寂中甦醒過來。

三心神君，飄然下床，目中神采，又復熒然。在他耗損了如許真氣之後，還能如此，其內功之深，可想而知。

他緩緩走到劍先生身前，凝視了片刻，才沉重地說道：「你我數十年相交，我深知你的為人，關於此事，你心中定有著極大困難，但你卻怎能眼看著數百條人命死去呢？」

孫敏走到床側，見到伊風雙眼緊閉，也似乎陷於沉睡中。聽到三心神君的話，星目一張，突然轉身道：「照老前輩方才的推測，那自稱天毒教主之人，必定有著解藥，那麼我們為什麼不可以從他身上，逼出解藥呢？」

三心神君冷然道：「話雖不錯，但那天毒教主是誰，都無法知道，除非他現身出來，否則卻何處找他去？」

他長歎一聲，又道：「但這終南門下的數百弟子，卻是人人危在旦夕，若是死等，那麼，多等一天，又不知要犧牲多少人命。須知人命關天，任何人的性命，都是可貴的。若是你的子女也中了此毒，想來你不會說出此話了。」

他語聲逐漸嚴厲，孫敏不禁慚愧得垂下臉去，心中只有自責，卻沒有一絲怪他說話太重之意。因為他說的話，於情於理，都是無懈可擊的。

劍先生臉色更是沉重，突地張目道：「你不要怪我不近人情，其實玉機道人與我數十年相交，我豈有對他門下弟子漠不關心的道理？就非如此，我也斷然不會忽視人命，何況這還關係著終南一派的生死？但是……」

他長歎一聲，眼又是一垂。

始終一言未發的妙靈道人，卻突然道：「劍師伯方才說，只有一個和昔年那位前輩異人受過同樣痛苦的人，才可冒難取藥。那麼，劍師伯可否將那位前輩異人所受之苦說出來？也許……」

劍先生一擺手，阻止了他的話，臉上竟露出痛苦的神色，緩緩道：「那位前輩異人，內功已臻絕頂，幾成不壞之身。百年來就已經名揚天下，只是……」他長歎一聲，然後沉聲道：「不知怎的，他在古稀之年，竟娶了一位少女為妻，還生一子。」

孫敏望了他一眼，心中一動，卻聽他微一停頓，又緩緩說道：「那位前輩異人，在君山大會上救中原武林一脈之後，就被人尊為天下至尊，江湖上無論何事，只要他片言隻字，便可解決，這也是大家感恩之意，哪知後來……」

劍先生在敘說這事時，曾經數度停頓，像是內心情感激動甚巨，又像是這事其中有些話，是他非常難以出口的，但是他終於說了下去。

「他的妻子卻假借他的名聲，穿了蒙面之衣，使出他所傳授的武功，做了許多天怒人怨的事，武林中人，雖然為了感謝他的深恩，但日子久了，還是無法忍受。那位前輩異人，多年建立的威望，竟被他的妻子，在三年之中，破壞殆盡！」

此刻已是夜深，但室中諸人，個個都在凝神靜聽，絲毫沒有倦意。

雲床上鼻息沉沉，窗外風聲簌簌，燈光照得窗紙一片蠟黃。

劍先生略為移動一下，又道：「後來那位前輩異人的妻子，唯恐事發，竟然遠奔海外，投到海外一位魔君之處，做了那人的侍妾。那位前輩異人心懷創痛，也不願到海外去尋仇，因為他覺得情感之事，最為不可勉強，傷心之餘，就將滿腔愛念，全垂注在他的獨子身上。」

孫敏不禁為之幽幽一歎，妙靈道人和三心神君，也有惻然之容，似乎那傷心欲絕的老人，攜著他的愛子，此刻正站在他們眼前一樣。

劍先生微微轉過頭來，望著牆角間的一片空白，又沉聲說道：「但是真相未白，武林中將這位前輩異人，詆毀得不值一文！江湖流言四起。還有些人，要群結武林高手，去尋那異人復仇。

「後來那老人的唯一愛子，竟也誤會了他的父親，在一個月明之晚，留書出走，聲言自己不再認這個父親。」

孫敏悄悄擦了眼角，竟然有淚珠泛起。

劍先生卻又歎道：「那位前輩異人，心中已是滿懷創痛，再加上這個打擊，心志竟然失常，從隱居之處復出江湖。但是江湖上人，只要看到他的影子，就遠遠避開。連一些綠林巨盜，都不願與之為伍，後來……」

他輕輕地咳嗽了幾聲，像是掩飾著自己的太多悲痛，又道：「那位前輩異人在盛怒之下，再加以神志失常，竟將最最看不起他的金陵三傑擊死。等到鮮血染到他手上時，他才從混亂之中，清醒過來，但是又已鑄成一錯，這金陵三傑，本是義聲頗著的俠士，身死之事，立刻又激起了武林公憤。」

須知世間最慘之事，莫過於被人冤屈而無法伸訴！室中諸人聽了，都覺得心中沉重已極。三心神君面上，更有異樣的難受！

劍先生說下去道：「那位前輩異人，知道事情無法解釋，何況到此時，他還深愛著他妻子，也不願解釋。為了免得自家手上再染鮮血起見，他遠遁窮荒——只是此刻，他已不再是先前的他了！他萬念俱灰，妻離子散之後，再遭到這種事，任何人也無法忍受的。於是他將自己生平武功，抄錄成集，和一顆費了無數心力才得來，準備給他愛子服用的『毒龍丸』，以及『蝕骨聖水』的解藥，都埋入滇邊無量山深處。

「他的兒子離開他之後，遍歷江湖，知道他父親的去處，到底父子情深，連夜奔去，但是那位前輩異人，已在萬念俱灰之下，自行運功震破天靈。他的愛子趕到的時候，也就是他臨終的一刻！」

他突然頓住語聲，室中立刻又靜得像墳墓一樣！然後，他長歎一聲，道：「我不說，你們想也猜出，那位前輩異人，就是先父；而我，就是那滿身罪孽的兒子。在這種情況下，我又怎能違背先父遺命，將那藏寶之地說出來？

「數十年來，我隱姓埋名，漂流天涯，就是想找到一個如此痛苦之人。但世間痛苦之人雖多，我卻從來沒有發現任何人之痛苦，深於先父的！」

第十四章　因禍得福

丹房中，死一般的沉寂——

沒有一個人能出聲安慰那極為悲傷的劍先生，更沒有任何一人，在這種情況下，還能說出逼著劍先生講明藏寶之處的話來。

但是，雲床上突然響動一下，一個微弱的聲音：「我有話說——」眾人不禁大為驚奇，目光轉到床上，孫敏更跑了過去，卻見她那年輕的恩人，正掙扎著要爬起來。

但是他重創初癒，雖然內服靈丹，又打通了奇經八脈，那麼陰毒的掌力，卻也不是一時半刻之間，就可以恢復過來的。

於是他放棄了掙扎，仰臥床上。

三心神君心中卻一動，朗聲道：「你可是有什麼話要說出來？」

伊風微弱地應了一聲。

三心神君心中極快地轉了兩轉，忖道：「他重傷初癒，若再多言，必定又要費我一番手腳。」轉念又忖道：「只是他在這種情況下想要說話，必定和此事有關係，莫非……」

於是他也走到床前，沉聲說道：「你有什麼話，盡說無妨，我們都聽得見的。」

孫敏心中大奇：「他尚未復元，三心神君卻怎的讓他說話呢？」但也不能說出任何反對的話來，她想到三心神君此舉，必有深意。

妙靈道人不禁緩緩移動腳步，走到床前。

原來，伊風並未沉睡，方才室中諸人所說之話，他完全聽到了！心中突然升起了一種強烈的希望，使他能夠有氣力說出話來。

只是他雖然聽清了這事的經過，卻仍不知道說話的人，竟是數十年前即已垂名武林的萬劍之尊。

他掙扎著微弱地說道：「方才我聽了那位前輩所說之事，的確是慘絕人寰！但那位前輩所說：世間無人的痛苦更深於此者，小可卻不以為然。」

他此話一出，諸人都微露異容。就連劍先生，也不禁抬起頭來。

他語聲頓了頓，又道：「痛苦的種類，各有不同，自然亦有深淺之分。但是，若有兩種性質完全不同的痛苦，其深淺便無法可比。何況無論任何一種痛苦，若非親身經歷，誰也無法清楚地瞭解其中滋味！

「那位前輩的尊人，雖是痛苦絕倫，但若說世間無人之痛苦更甚於此者，卻是未必。那位前輩遍歷天下，沒有看到有人之痛苦更深者，只是因為別人的痛苦，前輩未曾親身體會過，又怎能用以和自身曾體會到的痛苦相比呢？」

他聲音雖然微弱，但言中之意，卻是字字鏘然！三心神君不禁微微頷首。孫敏握著她愛女的手，更是聽得出神。

劍先生更是肅然動容，有生以來，還未曾有人在他面前說過類似的話。因為很少有人，能將「痛苦」兩字，分析得如此精闢！

伊風又道：「譬如說，一個普通人，他妻離子散，又受到各種惡勢力的欺凌，甚至可能人家當著他面凌辱他的妻子，這種痛苦又如何！他之所以不同於那位前輩的尊人者，只是因為他不會武功，當然不可能和那位前輩的尊人有同樣的經歷。但是無論如何，他心中痛苦的程度，卻絕不會稍弱的！」

劍先生目光凝注，仔細地體會著他話中的意思。目光之中，漸漸露出一種別人無法瞭解的光芒，像是接受，又像是反對。

伊風又道：「就以小可來說，小可的妻子，被天爭教主所誘脅，背叛了我，與人淫奔。小可本有極為溫暖的家，也被天爭教下所毀。小可雖然心懷怨痛，但又怎能鬥得過在江湖上威勢絕倫的天爭教？」

三心神君雙眉一皺。伊風又接著道：「不但如此，天爭教主更非見小可之死才甘心。小可不得已，才偽裝死去，躲過天爭教的追緝。拋去了一切應得之物，連復仇的希望都沒有！前輩看來，這種痛苦又如何呢？」說到後來，他微弱的語聲裡，已是滿懷悲怨！

孫敏想不到這年輕人，竟也受過這麼深的痛苦。

妙靈道人走前一步，問道：「閣下是否就是武林中人稱『鐵戟溫侯』的呂大俠？」

伊風微弱地歎了一氣，說道：「不錯，小可以前就是呂南人，但呂南人現在已經死去，除非——除非他能雪清奪妻之恥，逼命之仇！」

三心神君卻怒道：「天爭教又是何物？怎的如此欺人？」

孫敏心念一動，突然道：「天爭教，天毒教，莫非這兩者之間，有什麼關聯嗎？」

劍先生始終俯首沉思，此刻突然站了起來，在丹房中踱了兩轉，眉頭竟已深皺，像是在考慮著什麼重大的決定一樣。

此時若有更鼓，該已過了三更。窗外竟下起雨來，像是蒼天在聽了這麼多悲傷的事後，也不禁落淚。

妙靈道人移目窗前，低聲道：「今夜不知又死去幾人！」

劍先生突地一轉身，身形移到床前望著伊風，厲聲道：「此刻我願以先天之氣，助你打通督任兩脈，但是我先天之氣，易發難收，一個不好，你便極為可能被我震傷內腑，無救而死。如果你督任兩脈打通，不但傷勢立癒，功力也可增進幾倍，復仇亦可有望。你是否有以自己的性命，來搏取這些的勇氣？」

伊風慘然笑道：「小可已是死去之人，性命根本不放在心上。不要說是前輩這等成功希望極大之事，就是大海尋針，只要復仇有望，小可也要去一試的。前輩不必再問，只管動手就是。此舉若成，小可來日肝腦塗地，必報深恩！若不成，小可亦是心安理得地死去，決不會有任何怨言的。」

劍先生歎道：「看來世上將生死置之度外的人，畢竟還有不少！」

他轉過話題，向妙靈道：「藏藥之處，在無量山中，此人就算督任二脈可通，明日上路，但也絕非三五日中可以趕得回來的。而且先父藏寶之處，還有什麼險阻，我也不知。此人是否有此毅力，達成心願，還在未可知之數哩！」

他此言一出，無異已說明願以藏寶之處，告訴伊風。

孫敏不禁代這年輕人歡喜。伊風自己，更是不相信這種絕世奇緣，會這麼輕易地落在自己身上。兩眼之中，淚光瑩然，但已非悲痛之淚了。

妙靈道人卻突地朝劍先生，「噗」地跪了下去，沉聲道：「小侄無能，以至終南蒙此慘變！劍師伯如此，小侄已是感激不盡！至於能否成功，卻是天命。小侄只有……」

他哽咽著，竟再也說不下去。

三心神君卻沉吟著道：「這『蝕骨聖水』之毒，我雖無法可解，但自信以我的『護心神方』，多保他們幾天活命，還不成問題。只望蒼天慈悲，一切事都能順利就好了。」

這率性而行的奇人，此刻居然也信起天命來了。

劍先生身形突地一飄，毫未作勢，已端坐在雲床之上，道：「此刻我就為他打通督任兩脈。只是此舉太過危險，你們最好出去，免得我心思一分，便是巨禍。」

孫敏一言不發，走過去橫抱起愛女凌琳，凌琳突然秀目微張，竟輕輕叫了一聲「媽媽」，原來她已經甦醒過來了。

孫敏不禁狂喜！

妙靈道人悄悄一招手，將他們引到這間丹房旁邊的一間斗室中去。三心神君掩好房門，也跟著走了過去。

斗室中燈光亮起，凌琳橫臥在小床上，孫敏輕輕撫著她的秀髮，心中卻不免有些緊張：「萬一劍先生的先天真氣稍一過猛，那呂南人……」她閉上眼睛，不敢再往下想。

但她也知道，這種奇緣，可說少之又少。因為武林中能練成先天之氣的人，已是絕無僅有；肯耗去自身功力，為人家打通這督任二脈的，更是連聽都沒有聽過了。

三心神君道：「那姓呂的小孩子，倒真的福緣非淺！連我老人家的督任兩脈，都是五十歲以後才通的。這一下他如僥倖不死，武林中又多了一個好手了。這真的可說是因禍而得福了！」

時光漸漸過去，不久天已亮了，雨聲已住，只有簷前滴水之聲仍在輕微地響著。

但緊閉著的丹房中，仍沒有任何動靜。

這其中最為焦急的該算妙靈道人了，因為呂南人伊風的生死，也關係著終南門下數百個弟子的性命。

孫敏和三心神君又何嘗不暗暗著急。可是又過了一個時辰，天光已完全亮了，斗室中燈油早枯。劍先生和伊風，仍是毫無動靜。

驀地，房門一推，劍先生面帶笑容，緩緩地走了出來……

第十五章　風塵僕僕

下終南山，至午口，渡子午河，至城固，過漢中，經天險之巴谷關，沿米倉道，而至巴中府。伊風風塵僕僕，晝夜奔馳，希望早一天能趕到無量山。

他在一天之中，連受當代兩大高手的調治，尤其劍先生以先天真氣，為他打通督任兩脈，這些武學的精粹之處，就有那麼神奇的功用，身受重傷的伊風，第二天居然就能趕路了。

而且，他自己知道，自家的功力，在督任兩脈，一通之後，不知增進了若干。他這幾天晝夜兼程，除了白天雇些車馬之外，晚上都是以輕功趕路，但是卻一絲也不覺得累。就拿這件事來說，功力之增進，可知一斑。

四川省四面環山，到了巴中後，地勢才較平坦。伊風惦記著自己身上所擔負的任務，在巴中只草草打了個尖，便雇了輛車往前趕路，他卻伏在車廂裡打盹，養精神，到了晚上好再趕路。

最奇妙的是：往往兩三天中，他只要略為靜坐調息，真氣運行一下，便又精神煥發。他知道了自己內功的進境，簡直快得不可思議！

這麼才過了四天多，他竟能奇蹟般地越過四川，來到川滇交界旁的敘州。到這時候，他才覺得自己真的要休息一下了。

他為了避人耳目，穿的是最不引人注目的服裝。因為是冬天，他可以將氈帽戴得很低，甚至嘴上都留了些鬍鬚。

到了敘州，他投在城外的一家小店裡，自然也是避開天爭教的眼線。別的還好，時間卻是一刻也耽誤不得。

哪知一入店門，他就發覺事情有異，心中不禁暗暗叫起苦來。

原來，這店棧雖在城外，規模卻不小，一進店門是一面櫃檯，櫃檯前面，卻散放著十餘張椅子，想是借人歇腳用的。

此刻這些椅子上，卻都坐滿了黑衣勁裝的大漢，一個個直眼瞪目。伊風暗叫「不妙」，他暗忖：「這些人看來，都是天爭教下。」不禁暗怪自己，怎的選來選去，卻選中這個地方？

但是，他卻勢必不能退出，只得硬著頭皮走上去，希望這店裡沒有認得自己本來面目的人，更希望店小二說沒有房間了。

但是店小二卻懇切地道：「你老運氣好，只剩下幾間房了。」帶著他走到西面跨院的一間房子，裡面倒的確是比城裡客棧寬敞、幽靜得多。這也是許多人寧願在城外投宿的原因。店小二走進去收拾，他站在院子裡，盤算著路途。突然背後有腳步聲，他也沒有回頭去望，哪知肩上卻被人重重拍了一下。

他一驚，回顧卻見一個黑衣漢子，站在他背後，粗聲道：「朋友，你是哪裡來的？」

伊風更驚，暗忖道：「難道這裡真有人認得我？不然，怎地這天爭教徒會跑來問我？」口中卻道：「從北邊來的。」

那黑衣漢子「嗯」了一聲，從頭到腳打量著他，似乎在微微點頭。

伊風又微驚，他倒不是怕這個粗漢，而是怕生出爭端，誤了行程。

哪知那黑衣漢子卻笑道：「朋友，你走運啦！」

伊風一怔。他又道：「從今天起，你就是我兄弟，大塊吃肉，大碗喝酒。我看你買賣也不見得得意，跟著我們弟兄在一起，保管有你的好處。」

這黑衣漢子沒頭沒腦說出一番話，倒真的將伊風怔住了。眼珠一轉，正想答話，那漢子卻已不耐煩地催促著。

伊風沉吟半晌，道：「老哥的盛情，小弟心領了，但是……」

他話還未說完，那黑衣壯漢已怒道：「小子不要不識抬舉，老子看上了你，你怎麼樣？老子……」

他一口一個老子，伊風不知道這是蜀人的口語，涵養再好，也不禁大怒起來，喝道：「住嘴！快給我滾開！」

那黑衣漢子還真想不到他會喝出來，他怔了一怔，但隨即大怒，左手一拎伊風的衣領，右拳兜底而出，一拳「沖天炮」，打向伊風的下頷。

伊風是何等武功，怎會被這種莊稼把式打中，但他腦中念頭極快地一閃，竟未出手，伸著頭讓那大漢打了一拳。

那大漢又一怔，忽然捧著手走了，大約他也知道自己碰著了高手。

伊風微微笑了笑，心中熱血倏然而湧。這種天性的人，是不會永遠甘於寂寞的，尤其是他自知功力已猛進，但卻未能一試的時候。他心中暗忖：「就算出了什麼事，我辦完之後一走，就憑我的腳程，他們還會趕得上我？」

他走到業已收拾好的房間裡。店小二陪著笑過來說道：「你老真是大人大量，不跟那般人一樣見識，這才叫不吃眼前虧的大丈夫！你老看，連韓信以前都從人家的褲襠下鑽過去過哩！」

伊風微微一笑，揮手叫他走了。關好門，略為休息一下。他想在這川滇邊境的小店裡，煞一煞天爭教日漸囂張的凶威。

過了半晌，果然又有人叩門。伊風冷笑忖道：「那活兒果然來了。」倏然拉開房門，眼前一亮，門外竟站著個絕美的少女。

那少女穿著翠綠長衫，微微露出散花褲腳，上面宮鬟高綰，有幾絲亂髮，披在耳畔。一雙明如秋水的眼睛，望了伊風一眼之後，目光中原來含著的怒火，變成了另外一種似笑非笑的神色。

這少女年紀不大，但風致卻成熟得很。眼中的笑意，使人見了，不免想入非非。她嘴角掛著七分風情，櫻口微張，說道：「我聽我們那幾個不成材的奴才說，有個高人，用內勁震了他的手。我就說：『這小店裡怎麼來了個高人呀？趕緊走過來看看。』哪知道……」

她以一聲蕩人心魄的笑，結束了她尚未說完的話，一口清脆的京片子，使她輕快的語調，更為動聽。

伊風奇怪：「這少女是誰，難道也是天爭教下的高手嗎？」但無論如何，本來他留在口邊的傷人之語，此刻卻說不出來了。

那翠裝少女卻又嬌笑道：「我說您哪！高姓大名呀？就憑您那麼俊的內功，一定是武林中成名露面的大英雄！」

說著，她竟不等伊風招呼，走了進來。

伊風極為不悅地一皺眉，暗忖：「這少女好生輕佻！但人家話說得那麼客氣，自己在沒有摸清人家來歷之前，也不便作何表示。但她的話，卻又如此難以答覆。」

他微一沉吟，說道：「小可只略通兩手粗把式，哪裡是什麼高人，更談不上成名露臉了。方才一時失手，傷了貴——貴管家，還望姑娘恕罪！」

那少女的目光，在伊風臉上不停打轉，笑容如百合怒放，嬌聲道：「您不肯說，我也沒辦法。那蠢材受了傷，是他有眼不識泰山，自己活該倒楣！不過——」

她輕一笑，又道：「您肯不肯和我做個朋友哩？」

伊風又微一皺眉，他更發覺了這翠裝少女的輕佻。但他昔年行走江湖時，這種事也曾遇到過，是以也並不覺得吃驚。

他冷然一笑，道：「承姑娘抬愛，小可實感有幸。但小可此刻尚有要事在身，稍息片刻便得離去，日後如有機緣，再……」

那翠服少女明眸一轉，又甜甜地笑了一笑，截住他的話道：「那你是不是肯交我這個朋友呢？」

語聲之嬌脆清嫩，更宛如出谷之鶯，使人有一種不忍拒絕她任何要求的感覺。

伊風又在沉吟了，不知該如何答覆。

但他卻並非被這少女所惑，只是不忍給少女過於難堪。因為無論如何，人家總是對他一番好意，人們常常無法拒絕人家的好意，至於這種好意正或不正，那卻又是另外一回事了。何況這少女明眸善睞，雖然顯得輕佻些，卻絕非淫蕩之態。

那少女俏生生立在他面前，突然柳腰一轉，向外走去，一邊嬌笑道：「您既然有急事，我可也不能多打擾您，可是下次見面的時候，您可不能再不理我了！」

伊風目送她的倩影，走到門口，那時她卻又突地回轉身來，自懷中取出一物，放到桌上，又嬌笑著道：「這——這是我的名字。」

說完，柳腰微折，輕風似的走了出去。

伊風怔了半晌，目光一轉，看到她竟在桌上留下一張粉紅色的小紙片，他忍不住拿起一看，卻見上面寫著：「天媚教下，稚鳳麥慧。」

「天媚教」三字一入目，伊風心頭一凜！但那小紙片上所散發出的輕淡香氣，卻使他神思一陣昏慵。等他發覺之時，已來不及了！

於是，他軟軟地倒到地上……

第十六章　天媚之教

他醒來的時候，四肢百骸，仍然沒有絲毫力氣，那雖然近似被人點中穴道，卻又和被人點中穴道的滋味，完全不同。

而且，他腦海中也仍然有些昏暈之意，他不禁大駭：「是什麼迷藥，有著這等效力？」須知他自督任兩脈一通之後，功力比起以前，何止增進十倍，就算以前，普通的迷藥也萬萬迷不倒他。最怪的是，那小紙片看來，絲毫沒有一些異狀，誰又想得到那其中竟附有如此厲害之迷藥！

他睜眼打量四周，入目俱是粉紅色。房間雖然不大，但是卻裝潢得綺麗堂皇已極，竟像是什麼富家千金的閨房似的。

他心中立刻明白了這是怎麼回事，心中不禁厭惡地一唾。立刻試著以內功逼出體中尚殘存的迷藥，哪知眼前突然一暗——

等到光線重明之時，他立刻又發覺一幕奇境，房中竟多了四個身披輕紗的少女，而那稚鳳麥慧，赫然亦是其中之一。

這四個輕紗少女，姿容俱都絕美，體態之中，隱含著一種銷魂蝕骨之意，婀娜地走到伊風的床前，竟都坐到他的床側。

伊風此刻真氣方凝，哪知這四個少女明眸帶媚，微微一笑，八隻纖纖玉手，竟都搭到伊風身上，玉指輕動。伊風心中，竟猛地一蕩，他不禁大駭！但此刻他四肢軟得一絲力氣也沒有，也無法反抗。那四個少女笑聲愈媚，玉指連撫，伊風心中，竟漸漸像是有些把持不住的樣子。

但是他功力之深，迥異常人，理智尚未完全消失，心念突地一動，他強自收攝神色，將方才凝集的一絲真氣，完全逼到臉上。

那四個少女眼中，只覺他面龐火赤，俊目迷糊，如醉如癡。

其中一個，身材微矮，體態較豐，眉目之間，蕩意特別濃厚，笑道：「行了！」她向稚鳳麥慧和另一個少女道：「三妹！四妹！你們去招呼教主來吧！這小子也不見得濟事，還害得我們四個，親自出馬。」

稚鳳麥慧望了伊風一眼，笑道：「他將于七雙腕震傷的手法，確實高明得很！我以為他一定蠻有功夫哩！哪知道——」她俏哼了一聲，又笑道，「也不中用！」

說著，她拉了那身材最高，膚色潔白如玉的少女，悄然走了出去。

伊風心中，很快地閃過幾個念頭，他暗暗忖道：「這天媚教看來果然有些門道，我若不強自把持，今日恐難免遭此劫難！」一面閉上眼睛，卻在暗中調息著。

另外還留在室中的兩個少女，卻似極為淫蕩，言語手腳之間，春意盎然。但伊風一經調息，心境立即空靈，三花聚頂，五氣朝元，他舌尖微抵上顎，外表雖似癡醉，但其實卻不然。

過了一會，室外笑語之聲傳來，聽得稚鳳麥慧輕脆的口音道：「教主來了！」

伊風成竹在胸，倒想見識這「天媚教主」，到底是怎麼樣個人物！門簾一掀，稚鳳麥慧和另一少女，扶著一人進來。伊風目光閃處，心中不禁泛起了一種又好氣又好笑，卻也又有些失望的味道來。

伊風先前忖測，這「天媚教主」說不定是怎麼樣個絕世美人，哪知入目之下，卻險些將日前所吃之飯，都嘔了出來！

那「天媚教主」，在一個擁腫不堪的軀體上，穿著一件和那四個少女同樣的透明輕紗，在這上面，是一張其醜無比，上面卻塗滿了脂粉的面孔！見了伊風，就張開她那非常大的嘴，笑道：「哎喲！想不到在這種地方，還有這麼漂亮的角色！慧兒！你真乖！」

伊風恨不得趕緊掩上耳朵，一個沙啞粗俗卻又矯揉造作的聲音，其難聽的程度，可想而見！

他暗暗奇怪，這種奇醜之人，怎會是天媚教主！他卻不知道，這「天媚教主」萬妙仙娘，卻生具一副媚骨，與之交合，鮮有不欲仙欲死者！只是，她自己也未嘗不知道自己的尊容，是以才會讓四個姿色絕美的女弟子，先惑人之心智，然後才……

伊風索性不動，看看還有什麼花樣。天媚教主一揮手，那四個少女便抿著嘴，退了出去。伊風暗暗皺眉，準備隨時出手一擊。

萬妙仙娘彷彿迫不及待似的，款款地走到床前，往床邊一坐，便伸出蒲扇般的手掌，竟要去摸伊風的臉頰。

伊風暗中試一運氣，自覺真氣已無滯阻，方才的那種昏慵、迷蕩的神志，此刻已不復再有。

就在萬妙仙娘的手，快要接觸伊風的面頰時，他頭微側，雙手倏然如電伸出，分點那天媚教主的脅下「玉機」和前胸「將台」兩處大穴。

他這一招出手如風，何況是在對方萬萬不會防備之時擊出，竟用了九成真力，立心將這淫蕩醜怪之人，斃於掌下。

萬妙仙娘果然大驚，她再也想不到這年輕小夥子在受了她的「迷魂粉」和「蛇女指」兩種迷魂之術後，仍能出手禦敵。

但是，她也有令伊風想不到的地方，竟在這電光一閃般的一剎那間，伸出去摸伊風面頰的手，竟也倏然劃了個半圈，雙指如劍，直點伊風鼻下的「聞香」穴。指風凌厲，顯然功力深厚，亦臻絕頂！

這麼一來，伊風縱然能點中她的兩處大穴，自己可也免不了受上一指。以萬妙仙娘的這種指力而言，他焉能還有命在！

何況他此刻身在敵窟，只要自己穴道被掃上一點，真力微一受阻，門外那四個少女，顯見亦是高手，他也是凶多吉少！

他此時功力，雖增進數倍，但臨敵之時，所用的還是以前的招術，對付普通一般江湖高手，雖已綽綽有餘，但眼前這奇醜婦人的功力，卻絕非普通一般江湖高手，可以比擬的哩！

第十七章　且施妙計

伊風屢獲奇緣，竟得到數十年來武林中盛傳的奇人——劍先生以先天之真氣，為他打通了內家最難貫通的督任兩脈，而且還得到滇中無量山的藏寶之圖。

是以晝夜兼程，由川入滇，期望能得到百十年前一位武林前輩異人在臨死之際，藏入無量深山中的秘笈、靈丹和解藥，來解救終南山裡數百個奄奄一息的終南弟子。

哪知天違人願，他一時大意，竟中了「天媚教」下稚鳳麥慧的極妙迷藥，昏迷中被擄入天媚教主萬妙仙娘的豔窟，此刻情況危殆已極。伊風知道，自己縱然能傷得這奇醜的天媚教主，但自家也難免被點中穴道。

那麼一來，自家身處虎穴，穴道若被點，後果豈非不堪設想！

說來雖長，然而當時的情況，卻快如閃電。

就在這一剎那，他必須立刻做個明確的決定，而他自身的性命，便懸於他的決定之上。

他心念一轉，手中的力道猛撤。

就在他真力回收之際，他的身形也借勢後縮二寸，同時張開嘴巴。

這麼便成了那天媚教主如果不也立刻撤招，那麼她的一指，便恰好點在伊風的嘴裡，甚至可能被他咬上一口。

萬妙仙娘咧嘴一笑，身形倏然滑開兩尺，口中卻說道：「小孩子功夫不錯嘛。」

左手輕飄飄地一揚，似乎有一股迷濛煙氳，自她那輕紗的闊袖中逸出。

伊風趕緊屏住呼吸。

此刻他已深知人家迷藥的厲害，知道自家只要聞著一點，那麼又是四肢無力，得聽憑人家的擺佈。

他畢竟久走江湖，非一般初出道的嫩手可比，在這種情況下，還能保持住自己心神的鎮定。

閃目四望，這綺麗的房間中，竟沒有窗子。

這使他原先打算先從窗口逃出的想法，頓時落空。

他知道門外必然有那四個女子守候，他若奪門而出，那四個女子怎會放他走？只要稍一耽誤，自己就可能走不了啦！

他心思百轉，然而並沒有費去多少時候，那迷濛煙氳，也自未散。

此刻那天媚教主卻也靜立未動，心中也在打算著。她已知道這年輕人功力絕高，而年輕人有著如此功力的，必定大有來頭。

原來這萬妙仙娘一向居於苗疆，涉足中原武林，還沒有多久，人雖醜陋、貪淫，然而心思卻極縝密，武功也極高。

此刻她倒不是畏懼伊風的武功，而是恐怕他和有關自己的其他教派有所關聯，自己若為了這種事而得罪一條線上的朋友，卻又何必？

而她自己也知道自己此次能在中原武林創立教派，關係著一個極大的計畫，是以她之行事，也格外來得小心。

於是這兩人的形況，就變得極為奇特，一個睜著雙眼躺在床上，另一個卻怔怔地站在床邊。兩人之間，有一股迷濛的白色煙氳，久久未散，卻給這種不調和的形況，糅合了些調和的味道。

兩人心中，各有所懼，久久沒有舉動。

尤其是伊風，他更摸不清這天媚教主的深淺，思慮百結之下，心念也突地一動：「除了天爭教之外，終南弟子受的是『天毒教』之毒，而此刻又多了一個『天媚教』，難道這三者之間，有所關聯嗎？」

伊風本是聰明絕頂之人，心中轉念之後，就緊緊抓著這一點端倪而追尋下去，以求尋得自己的生機。

他暗暗忖道：「此刻敵強我弱，何況我有著那麼重要的事要做，可不能和這些無恥的女子糾纏。但是以我的力量，又絕不能除去她們，唯一的辦法——」

那天媚教主見這年輕人睜著大眼睛動也不動，也沒有絲毫被迷的跡象，越發地莫名其玄虛。

伊風雙肘一支，上身側側坐了起來，口中卻朗聲說道：「小可奉了天爭教主之命，有事入滇。不知之中，冒犯了貴教，還望閣下，高抬貴手，放過小可，日後敝教教主，必有補報。」

原來他方才心念動處，知道自家在這種情況下，只得且施詭計是以他抬出天爭教的招牌來。

他暗忖：「若是這天媚教真的和天爭教有著關係，那自是最好；如若不然，對方也可能會賣天爭教一個交情。」

他朗聲說罷，天媚教主果然一怔，心中卻在暗自得意：「這年輕人果然是同一線上之人，幸好我沒有如何，否則傳出去豈非笑話！」

她對中原武林極為生疏，是以伊風誤打誤撞，才會撞個正著。否則天下哪會有這麼簡單的事？伊風見了她的神色，心中暗喜，知道計已得逞。哪知腦中又是一陣眩暈，伊風暗叫一聲苦也！又昏迷地倒在床上了。

原來他開口說話之時，自然就不能夠屏著呼吸，是以又吸進一些那歷久不散的煙氳；而這煙氳，正是萬妙仙娘的秘傳迷藥。

他昏迷之中，忽覺鼻中嗅到一種極為辛辣的味道，忍不住打了個噴嚏。

於是他就甦醒了。

睜眼一望，一個奇醜的面孔，正望著他嘻嘻而笑，那正是屬於天媚教主的。

這奇醜的笑容使得他心裡感到一陣噁心，閉起眼睛，不去看她。

然而耳中卻聽到天媚教主，以一種和她那奇醜面容極為配合的難聽聲調，說道：「小孩子，不要怕，張開眼睛好了，本教主又不會吃了你。」

萬妙仙娘在極幼年時，就居於苗疆，她雖然沒有將中原方言忘去，然而說出來，卻生硬得很，再加上她那種如夜梟般刺耳的聲調，那種難聽，實在是非言語所能形容的。

然而伊風卻不得不張開眼來。

萬妙仙娘又咧開大嘴笑道：「本教主早就猜到你是天爭教下的徒弟，『三天』之外，若還有像你這樣的年輕好手，那麼，我們那位老頭子又要氣死了。喂，我說……」

她嘮嘮叨叨又說了些話，伊風卻沒有再往下面聽下去。

他此刻又在沉思著：「這『天爭』、『天毒』、『天媚』三教，果然源出為一，所以這醜八怪才會有『三天』這個說法。而且聽她的口氣，在三個教主之上，似乎還另有一個『老頭子』，高高在上，暗中控制著這『三天教』的活動，只是這『老頭子』，又是何人呢？」

他心中疑念叢生，口中卻在唯唯地答著那天媚教主的話。

「這『老頭子』組此性質、方法、手腕都絕對不同的三個教派，必定有著極大的野心，看樣子竟想將天下武林豪士一網打盡。」

伊風不禁暗中一凛，想到自己和天爭教的深仇，復仇恐將更為渺茫，忍不住歎了口氣。卻聽那天媚教主又道：「小兄弟，也是我跟你投緣，還捨不得放你走，我看你要是不急的話，還是在這裡多耽幾天吧。」

擠眉弄眼，醜態畢露。

伊風連忙道：「教主寵召，小可何幸如之！只是小可實在有急事，一刻也耽誤不得。」

他看到那天媚教主目光一凛，趕緊又道：「只是小可滇中之事一完，必定儘快趕來向教主問安的。」

萬妙仙娘上上下下看了他幾眼，才捨不得似的歎了口氣，道：「你要是真有急事，你就快去。可是你回來的時候，可不要忘了再來看我呀！不然，下次再讓我撞著，不把你這小鬼撕成兩半才怪！」

伊風此刻心急如焚，只要放他走，他就謝天謝地了。

萬妙仙娘一擊掌，那四個少女立刻擁了進來，嘻嘻哈哈地笑個不住。

稚鳳麥慧走在最前面，笑向伊風道：「恭喜你呀！」

伊風臉上倏然一紅，另外三個少女又咯咯笑了起來，一面還向伊風拋著媚眼。

伊風直覺如芒刺在背，恨不得立刻就衝出此間。

第十八章　無量山裡

等到伊風脫身出來的時候，東方的天色，已是黎明的蒼白了。

他長長鬆了口氣，總算逃出了這豔魔之窟。

但他思忖之下，又不禁覺得有些慚愧，因為自己所用的，究竟不是正大光明的手段。

「對付這種人，用這種手段，正是再恰當也沒有。古人不也說過『以其人之道，還治其人之身』嗎？我又何嘗不可！」

如此一想，他又覺泰然。

行行重行行，伊風畢竟來到了無量山，無量乃滇中名山，綿亙數百里，主峰在景東之西，山高萬仞。

伊風日落至景東，將息一夜，匆匆準備，次晨便絕早上山。

曉煙未退，寒意侵人，山上渺無人跡。伊風盤旋而上，只覺寒意越來越濃，隨便尋了個避風之處，盤膝坐下。

真氣運行一轉，正是所謂：「三花聚頂，五氣朝元。」伊風才覺得已恢復正常體溫。

將那藏寶之圖取出再詳細看了一遍，圖雖詳盡，然而在這綿亙百里的深山中，尋找一處洞穴，卻也不是易事哩。

他極目四望，遠處山峰迭起，群山之中，一峰高聳入雲，就是那藏寶之處了。

他略略用了些乾糧，便又覓路而去。身形動處，山鳥群飛，而他那種輕靈快迅，卻也不在山鳥之下哩。

攀越過幾處山峰，他竟覺得有些熱了，也有些累，但此刻目的在望，他連歇息也不肯歇息一下。

可是他自己也知道，若不是自己的內功的精進，此刻怕不早就累得躺下了。

好不容易找到那座高峰，他毫不停留地攀越而上，松濤微鳴，宛如仙籟。

他思忖著圖上所示，那藏寶之地，是在山陽處的一個山坳裡，而這山坳卻在一道溪水的盡頭。

漸行漸遠，白雲彷彿生於腳底，伊風鼓勇前行，但是那藏寶之地，雖然在此山之中，卻是雲深不知其處。

暮雲四合。

伊風逐漸著急，忽然聽得在松濤聲中，竟隱隱有流水潺潺之聲傳來，他的精神一振，連忙向水聲發出之處，掠了過去。

轉過一處山彎，果有一道泉水，沿著山澗流下，澎湃奔騰，飛濺著的無數水珠，在天色將黑未黑之際，分外悅目。

伊風沿著山澗，曲折上行，飛濺著的水珠，漸將他的鞋襪濺濕。寒風吹過，他腳上涼涼的，身上又微微有了些寒意。

俯首下望，白雲繚繞。仰首而望，已是山峰近巔之處。

伊風目光四盼，忽見前面兩壁夾峙，而這山澗便是從對面那山坳裡流出。他精神一振，身形一弓，兩個起落，便越了過去。

他極快地穿過那兩壁夾峙之間的山道。

此刻夜色雖已濃，寒意也越重，但伊風心中卻滿懷熱望，因為他終究已尋得藏寶之處。

他想到那些被武林中不知多少豪士垂涎了多年的秘藏，片刻之間，自己便可以得到，心中不禁一陣劇跳，腳下更加快了速度。

但是一進山坳，他卻不禁怔住了。

那山坳裡面甚為寬闊，對面一處高崖流下一股瀑布，宛如一道白練，搖曳天際，澎湃流下後，再沿著山澗流下。

令伊風驚愕的卻是：在瀑布之側，竟有幾處人間燈火。

他立刻頓住身形，目光四掃，證明此地的確和圖中所記，沒有半點差錯。藏秘之地，就是在那瀑布後側的一個洞穴裡。

「但是這裡為什麼會有燈光呢？是什麼人會住在這種地方？難道那武曲星君的藏寶，已經被別人捷足先得了去了嗎？」

他驚疑地思忖著，不敢冒失地再往前走。

他知道能夠住在這種地方的人，不是避仇，便是息隱，或者是為著某一種武功的修為。

然不管怎樣，卻必定是武林高手。

但是他卻又絕不肯就此回身一走。

他自家的得失，還在其次，終南山裡的數百條人命，也全擔當在他身上，此刻他是有進無退的。

水聲潺潺，風聲如鳴。

伊風就借著這些聲音的掩護，極快地掠了進去。

借著微弱的燈光，伊風可以看到瀑布旁山壁下，有一座石屋，兩邊各開了兩個窗子，燈光便是從視窗露出。

伊風此刻又發現，從這窗中射出的光線，分外刺目，不是普通燈光的昏黃色。

再加上石屋上爬滿的枯藤，山坳裡陰森的夜風，山壁上澎湃的流水。四周死一般的寂靜和黑暗。

伊風只覺得一股寒意，直透背脊，掌心也不禁沁出冷汗。

他又呆立了半晌，突地暗罵自己：「呂南人呀！呂南人！你怎的如此膽怯！你難道不知道終南山的數百弟子之命，以及你自己的切骨深仇，全都在此舉上！你若是如此膽怯，你還有何面目見人！你還有何面目見自己？」

於是他一咬牙，提氣向前縱去，極力地不讓自己發出一絲聲音來。

隱在陰影中，他悄悄往窗內一望，屋中的景象，卻使得他幾乎驚喚出聲來。兩隻眼睛，動也不動地朝裡面望著——

只見那石屋甚為寬大，東西兩端，各堆著些山薯、茯苓、黃精、首烏一類的山果，其中也還有些人間的乾糧。

南北兩面，卻堆放著不計其數的珠寶，璇光彩色，絢麗奪目，竟將這偌大的一個石室，映得通明。

伊風這才恍然為什麼窗口的燈光，會和普通燈光的那種昏黃之色，迥然不同。

這些已經足夠伊風驚異的了。

然而最令伊風吃驚的，卻是：

石室中央，對坐著兩人，朝東的一人，左腿盤著，右腿支起，穿著油光滑膩的鶉衣，像是已有多年未曾換過。赤著雙足，不停地用手指去搓著腳丫裡的臭泥。頭上也是亂髮四生，鬚髯互結。只有兩隻眼睛，開合之間，射出精光。

朝西的那人，枯瘦如柴，兩腮內陷，顴骨高聳，鬍鬚雖輕，但也留得很長，身上穿著一件已經洗得發白的藍布長衫，垂目盤膝，像尊石像盤坐著。

這種詭異的景象，自然難怪伊風吃驚。他偷望了一會，第一個得到的概念便是：這兩人已在這石室中住了很久很久。

其次，他知道這兩人，必定身懷絕頂功力。

但他疑惑的是：「這兩人究竟是誰？為什麼會在此深山石室中靜坐呢？」

他很清楚地知道，自己這問題很難得到答案，心中暗忖：「最好我能夠偷偷溜進那洞穴裡，而不讓他們知道，再偷偷溜出去。」

心裡雖是如此想，其實他也知道自己這種想法的荒謬和不可能，人家無論如何也不會全是聾子的吧！

他心中著急，卻又無計可施。

目光再向裡望，又不禁嚇了一跳，原來那虬鬚大漢突然跳了起來，哈哈笑了兩聲，聲音直可穿金裂石，震得伊風的耳朵嗡嗡作響。他大為驚恐地暗忖：「難道他已發現了我……」

然而念頭尚未轉完，那虬鬚大漢突地在石室中的空地上，身形一旋。然而這一旋，卻使伊風的眼睛又看得直了。

原來這大漢一旋身，竟是上半身向左，下半身向右，腰部截然分成兩個不同的方向，生像他的腰，可以隨意扭曲一樣。

他接著右腿一圈一鉤，腿跟內踢，雙手左臂向右揮去，食、中兩指卻又向左一鉤，右掌圈了個小圈，在左臂下倏然向前擊出。

口中卻說道：「我上半身向左一旋，你上月那招的右手便剛好貼著我的左側擦過，下半身向右旋，是躲開你斜擊而下的左手，我再用左手回鉤，來點你右耳後的『藏血』穴，右掌用『小天星』的掌力外擊，你若向左去避，我左手正封住你的退路，你若向右去避，我右腿這一圈、一鉤，腳跟正好撞向你腳跟的『百湧』穴，你只有後退，但那時我『小天星』的掌力，正好用上。」他一口氣說完，哈哈大笑了幾聲，又接口說道，「若非我習得『拆骨鎖骨』之術，我就要栽在你上月那招之下了。」

窗外的伊風，聽得冷汗涔涔而落，這個虬鬚大漢的武功招式，簡直精妙得駭人聽聞！

他心中數轉，暗自思忖道：「若有人對我發出此招，而手法和這虬鬚大漢一樣快的話，那我就死定了。」

閃目再朝裡望，那枯瘦的老者，仍像老僧入定般動也不動，坐在那裡，生像是毫無知覺的樣子。

第十九章　南偷北盜

那虬鬚大漢仰天而笑了一陣，跑到後面取了一塊已經乾得像石頭一樣的鹵牛肉，又坐到他原先的那塊蒲團上，吃了起來。

伊風此刻心中已模糊地有了個概念，心中暗暗猜測著：「這兩人必定是在較量著武功。」

但是疑問又隨即而來：「他兩人較量武功，為何選了這種所在？而且照這種情況看來，他兩人在此已不止一年，難道他們一直在這裡較技嗎？」

他心裡正在動念，卻見那虬鬚大漢又跳了起來，哈哈大笑道：「想不到荒山之中，也有客來。窗外的朋友，快請進來！」

笑聲穿金裂石，語聲更是作金石鳴，震得四山都彷彿起了回聲。

伊風這一驚，更是非同小可！不禁更驚異於這虬鬚大漢的功力。

他暗忖：「我並沒有發出任何聲音來，他怎會知道有人哩？」

他卻不知道自己緊張過度，竟發出沉重的呼吸聲來了，起先人家正在沉思，所以沒有聽到，此刻說出解招，注意力才及至此處。

那虬鬚大漢又道：「窗外的客人，再不進來，主人就要親自出窗去請了。」

他語聲已變得頗為嚴厲。

伊風看過人家的身手，知道逃是逃不掉，而且自己也沒有逃的必要。何況男子漢大丈夫，就是能逃，也不可逃的。

他膽氣一壯，索性大方地朗聲說道：「主人相邀，敢不從命。」

目光四射，卻發現這石室竟有窗無門。

那虬鬚大漢又笑道：「老夫當年蓋這房子的時候，忘記蓋門，朋友就從窗中進來吧！」

伊風聽他自稱「老夫」，但是聲若洪鐘，身強體健，舉手投足間，矯捷、靈活，無可比擬，又何嘗有一星半點老態？

伊風在黑暗中一聳肩膀，無可奈何地苦笑一聲，雙手搭上窗口，頭往裡一鑽，身軀就像蛇一樣的，從窗口滑了進去。

一進房，他就雙手抱拳。

須知伊風弱冠遊俠，即名揚四海，也正是條沒奢遮的好漢，真遇上事，態度反而更為從容。

再加上他長身玉立，面目英俊，動作之間，自然流露出一種瀟灑飄逸之態。

雙手抱拳一拱，口中朗聲說道：「小可無知，斗膽闖入前輩居處，還望前輩恕罪則個！」

那虬鬚大漢上下打量了他幾眼，突又連聲哈哈大笑道：「荒山來客，已是異數，而來客卻又是這等俊品人物，真教老夫喜不自勝了！」

他轉頭又向那始終動也不動的瘦老者道：「孤老頭！你先別動腦筋，看看我們這位漂亮的客人！」

伊風目光一轉，見那枯瘦老人，倏地睜開眼來，竟似電光一閃，禁不住悄悄移開目光，不敢和人家那利刃般的目光接觸。

那枯瘦老人面目毫無表情，也打量了他幾眼，冷冷說道：「小孩子，跑到這裡來幹什麼！」

隨即又閉上眼睛，老僧入定般地坐著，彷彿對世間的一切事，都漠不關心似的。

伊風微微有些不悅，暗忖：「這老頭子怎的如此沒有人性？」於是暗中對這虯鬚大漢起了好感，又朝那大漢抱拳一揖，道：「小可驚擾兩位老前輩的清修，深感不安！只是小可……」

那虯鬚大漢一擺手，打斷了他的話，又哈哈笑著說道：「不必客氣！不必客氣！老夫和這老頭子在這裡打了將近十年的架，天天看著這老頭子的面目，心裡惹得起膩。如今你這漂亮小夥子來了，正好陪老夫我談談，老夫實在高興得很！」

伊風倒吸一口涼氣，「這兩人已在此較技十年了。」他驚異地暗忖著。不知道這兩人是什麼東西支持著他們如此的！

他望著這大漢的鶉衣汙面，心中想到這深山中的十年歲月，會是如何的寂寞？他更不知道，這兩人如何忍受了過來。

目光一轉，被那些珠寶光芒映得耀目生花。心中對這兩人的來歷，更是大惑！

那虬鬚大漢舉掌一切，他手中那塊乾硬如石的牛肉，竟像豆腐般地被一切為二。

他將一塊遞給伊風，又笑道：「小夥子，先吃些牛肉，歇息歇息，讓那老傢伙去動腦筋去。」

伊風一笑，接過牛肉，卻從背後解下行囊，那裡面還有今天早上才買來的風雞肉脯，還有一小瓶他備來禦寒的燒酒。

那虬鬚大漢一見了這些，又哈哈大笑了起來。伊風連忙將這些東西遞過去，那大漢也老實不客氣地吃了起來，片刻之間，這些東西就被一掃而空；那一小瓶酒，也是涓滴不剩了。

那枯瘦老者卻始終有如不聞不見，石像般地盤膝垂目坐著。

伊風知道他正以自己數十年的修為功力，苦思方才這虬鬚大漢所說那一招的破解之法。

再看到這虬鬚大漢放懷吃喝，心中忖道：「方才這漢子說的那招，是為了破解這瘦老人上月所創的一招，那麼豈不是這大漢竟想了一個月，才想出一招的破解之法……」

他心中不禁又赫然。

他還不知道，這兩人有時會花更多的時間，去思索一招哩。

因為他們所學到的招式，都已用盡，而此刻他們所用的招式，卻是他們以自身的功力和腦力，再加上無數次的對敵經驗，經過苦思而自創出來的。

那虬鬚大漢風捲殘雲般吃喝完了，才撫著肚子朗聲笑道：「小夥子，你巴巴地跑到這麼高的山上來，是為著什麼呀？」

伊風立刻道：「小可生平最愛登山，是以才會由江南而至滇中，為的就是久聞此間名山，想到此間來一一登臨的哩。」

他早就想到人家會有此問，是以早就想好說辭，此刻才能毫無猶疑地回答出來。

只是他這番說辭，造得並不甚高明而已。

那虬鬚大漢卻像已相信了，連連點頭道：「登山最好，登山最好，對於身體，是很有益處的。」

說罷又連聲大笑，低頭尋找著地上掉下的雞屑肉渣，撿起來往嘴裡送。

伊風看著他的饞相，暗暗覺得好笑，卻不敢笑出聲來。

那虬鬚大漢突然抬頭笑道：「你是不是想問，我們這兩個老怪物，為什麼會在這山上打了十年的架？」

伊風連忙道：「小可實有此想，只是不敢開口而已。」

那虬鬚大漢又笑道：「告訴你也無妨，反正——」

他卻又突然一頓，才接口道：「小夥子！你可曾聽到過三十年前，江湖上有兩個見錢眼開的角色！他兩人，一個偷，一個搶，用的方法雖然不同，路道卻一樣。無論黑道、白道，他兩人都見錢就拿，六親不認，只是——哈！武林中的那些飯桶，也奈何他們不得。」

伊風心中一動，說道：「前輩所說的，可就是三十年前名聲震動江湖的『南偷北盜』，千里追風神行無影妙手許白，和鐵面孤行客萬天萍，兩位前輩嗎？只是後來這兩位前輩，不知什麼原因，一齊失蹤了。」

那虬鬚大漢哈哈一笑，道：「對了！『南偷北盜』，就是我和這瘦老頭子。我們一個在南，一個在北，一個偷，一個搶，本來可說是井水不犯河水，哪知——」

他說著自懷中取出一物，又接著說道：「卻為了這件東西，我們兩個卻碰到一起；不但碰到一起，還打了起來；不但打了起來，這一打竟打了將近十年。」

伊風定睛望去，卻見他手中所持的，只是一塊一尺見方的鐵塊，雖然這鐵塊裡有好些璇光暗轉，但他卻也看不出什麼好處來。

他不禁奇怪：「按理說，『南偷北盜』成名多年，一生之中，見過的寶物，不知有多少，卻怎會為了這麼塊黑黝黝的鐵塊，鬧得如此地步？」

他心裡奇怪，眼光便望那虬鬚大漢，卻見這位名滿天下的巨盜，正低著頭把玩那塊鐵塊，彷佛愛不釋手的樣子。

他不禁仔細地再去看那塊鐵塊，看到它雖然形式古拙，卻是古董的樣子。

可是若說它能使兩個武林高手互相拚命，這卻又令伊風大惑不解。

第二十章　璇光寶儀

那虯鬚大漢把弄了半晌，才抬起頭來望著伊風笑道：「這東西叫作『璇光儀』，你莫看它不起眼，可是這東西真正的好處，卻說也說不盡！」

他咽了口唾沫，又接著說道：「它不但能預測第二天的晴陰，又能解毒，還能避蛇、蟲一類的東西。這些都不說，最奇的是它竟能測出哪裡有寶物，不管是人的身上、房子裡，甚至是埋在地下的珍寶，這東西都可測出來。哈，這才叫精彩呢！」

他一拍大腿，又道：「可惜的是，這東西我只有一半。於是我就千方百計地去找另一半，找來找去，才知道這東西的另一半，卻在這瘦老頭子身上！而這瘦老頭子，也正在千方百計地想找著在我手裡的這一半。」

伊風聽得出神，他自小到大，還真沒有聽說過世間有這種稀奇的物事，不禁更仔細地去望那璇光儀，想看看這東西到底有何異處。

那虬鬚大漢又哈哈一笑道：「我們兩人這一碰面，才知道自己要找的東西，就在對方身上。我們兩人心中就全有數，知道要得到對方的東西，可不是件容易事！於是我們就約訂好了時間、地點，作一拚鬥。誰要是贏了，不但能得到這『璇光儀』！」

他一指房中那不計其數，無法估計的珠寶，又接著說道：「而且還可以得到對方歷年來的積蓄。喏！就是這些玩意。」

伊風恍然而悟，他們為什麼在這種荒山之中，忍受十年的痛苦和寂寞。

但是他又不禁問著自己：「花了十年的光陰，而僅是為著這些身外之物，可算值得嗎？」

他不禁暗暗搖頭，為著這兩位武林前輩所浪費的十載時光而惋惜！

虬鬚大漢又道：「我們所約比鬥之處，本是在這無量山下，到時雙方果然都如約而至。可是我們在山下連續鬥了七天七夜，我和這瘦老頭子雖然所學的功夫完全不同，但功力深淺卻完全一樣。打了七天七夜，竟也沒有打出一點點結果來，仍然是不分勝負。」

伊風暗忖：「你們一個偷，一個搶，所學的功夫，自然完全不相同了。」

虬鬚大漢又道：「可是我們卻又不甘就此善罷甘休，因為那麼一來，我們永遠就只能拿著半個璇光儀，那就完全等於廢物一樣。」

伊風暗暗歎息：「人類真是奇怪，他們不願彼此合作，卻情願浪費十年一去不返的時光，來為著一塊頑鐵拚鬥。這也算人類的智慧嗎？」

那虬鬚大漢自然不會知道伊風心中的想法，微一停頓後，又道：「於是我們就在這山巔之處，尋得這所在，搭起石屋，就在這石屋裡各自研討，想創出一招使對方無法招架的絕招來。」

伊風心中暗罵：「你們什麼地方不好選，為什麼偏偏選中這地方！」口中卻接口問道：「要是有人一想十年，那對方不是就要等上個十年嗎？」

虬鬚大漢大笑道：「這當然有個期限，我們以四十天為期，四十天中，若還不能想出一招化解對方招式的招數，那麼便算輸了。」

他微一停頓，又道：「可是十年來，彼此卻都未敗。有一次，過了三十九天，這瘦老頭子還沒有想出破解我一招自創的『拂雲手』的招數來，我原以為他輸定了，哪知到了第四十天的晚上，還是讓他想出了這一招的破法。」

伊風暗歎一聲，忖道：「只是他們這十年的光陰，還是有著代價的。十年來他們一定創出許多妙絕人寰的招數來。」

一念至此，不禁神往，忍不住問道：「老前輩的那一招『拂雲手』，是怎麼樣的一個招數呢？」

那虬鬚大漢似乎談得興起，突然站了起來，雙手箕張，由內向外拂出，最妙的是腳下在這一拂之間，已換了三個方向，而他的這一拂之勢，在腳下的這一動之間，也變了四個方向。

伊風只覺得他這一招，掌影繽紛，如天女所散之花雨；而他那魁偉巨大的身形，在使用這一招時，竟也好像散花的天女那樣美妙。不禁對這虬鬚大漢的武功，佩服得五體投地。

那虬鬚大漢身形一頓，又坐了下來，得意地大笑著道：「我這一招『拂雲手』，名雖是一招，但使用起來，卻有十二個高手同時進攻一人時的那種威力，也虧得這瘦老頭子，能想得出破法來！」言下之意，大有天下除了那瘦老頭一人之外，就再無別人能破得他這一招了。得意之情，溢於言表。

他笑聲一頓，又道：「我們就這樣在這石室中，過了十年。到目前為止，誰也無法預測能贏得對方。在苦思破法時還好，最難堪的，就是在對方沉思時，那種寂寞的感覺，可真教人難以忍受！」

語聲之中，也不禁流露出淒涼的味道。

伊風正自暗地感歎，卻聽得這虬鬚大漢又大聲笑道：「可是以後有你陪著，我們談談說說，寂寞就可以解除了。」

伊風一驚，連忙道：「小可雖想在此常聆老前輩的教益，只是小可還另有……」

那虬鬚大漢雙目一張，目光銳利如刀地瞪著伊風，粗聲道：「老夫看得起你，你還敢不識抬舉嗎？難道你進了這間房子，還想一個人先走出去？」

伊風又是大駭。

卻聽這虬鬚大漢放緩了口氣道：「小夥子！你也是學武之人，在這裡陪著老夫，管保有你的好處，不但可以得到許多精妙的武功，臨走時還可以弄一袋珍寶回去。」

這虬鬚大漢數十年前就以生性之奇僻，傳遍武林。此刻實在因為這麼多年來難堪的寂寞，才會對伊風這麼客氣。

伊風心中也不禁動了一下。

但是一種更大的力量，卻使他說道：「萬老前輩的盛情，小可心領……」

那虬鬚大漢一擺手，搶著道：「小夥子！我先告訴你，我可不姓萬，那瘦老頭子才姓萬。我姓許，叫許白，你聽清楚了？」

伊風又一怔。

他可想不到這魁梧的大漢，竟是以一身輕身小巧的軟功夫稱譽武林的南偷——千里追風，神行無影，妙手許白。

而那瘦小枯乾的老頭子，卻是昔年以大鷹爪手加雜著十二路金剛摔碑掌，以及一身童子混元一氣功，走通大河南北的鐵面孤行客萬天萍。

他望著這兩人的身形面貌，又想到那位天媚教主的奇醜婦人，心中有些哭笑不得的感覺！

口中卻只得唯唯說道：「是！許老前輩的盛情，小可心領了。皆因小可實在另有他事……」

妙手許白突然敞聲大笑了起來，伊風一驚，自然頓住了話。

妙手許白笑聲一住，雙目又電也似的射出精光，厲聲道：「你要是實在不買老夫的賬，也沒有關係。只是你卻要說給老夫聽聽，有什麼事值得你推卻老夫這種別人夢想不得的奇遇！若是老夫也認為值得的，那還罷了；如若不然——哼！」

伊風現在可發覺了這妙手許白的不可理喻。也知道，自己雖然功力精進，但到底修為太淺，和這種高手一比，還差得遠！

那就是說，除了依照他說的路走之外，別無其他選擇的餘地！

他回頭一望，那鐵面孤行客仍然不聞不問地呆坐著，生像就算天塌下來，他也管不著似的。

伊風長歎一聲，忖道：「怎的這兩人竟如此不通情理！」

他可沒有想到，這兩人若非生性奇僻得不近情理，又怎會在這深山中一耽十年！

他心念一動，忖道：「看來我只有暫時在這裡陪著他們，反正他們總有一天，會分出勝負的。到了那一天，我一樣地可以去尋得那武曲星君的秘藏。

「到了那時候，我身兼各家之長，再加上功奪造化的『毒龍丸』，我何愁大仇不報，武功不成？」

他高興地思量著。

可是念頭再一轉時，想到終南山上的數百人命，卻又高興不起來了。

他臉上忽青、忽白，正是他心中天人交戰之際。

須知凡是人類，就不免多多少少地有些自私的欲念，這本無可厚非，只是這自私若損害到別人，而將別人損害得很重的話，就應克制了。

伊風此刻，正是陷於極度的矛盾之中。他知道若一說出此行的真實目的，那麼那本武林瑰寶《天星秘笈》和那粒功能奪天地造化的「毒龍丸」，就絕對不會再是自己之物了。

而他如不說呢？

終南山裡的數百個中毒垂危的終南弟子，都在等著他的解藥，姑且無論他趕回去時還能救得多少人的性命，但無論如何，一向疾惡如仇，以俠義自許的他，總不能見死而不救呀！

窗外夜色更濃。

帶著凜冽寒意的晚風，從窗中射入，吹到伊風的身上。

然而他卻像是毫無所覺似的。

他身受奇辱，復仇志切，若此刻說出那秘藏，這「南偷北盜」，還會讓他取出《天星秘笈》和「毒龍丸」嗎？

那麼，他復仇的希望，豈非又完全歸於泡影！

然而終南山上，那種痛苦的呻吟之聲，又像尖針似的，一針針地刺破了他為自家設想的許多個理由。

他忽而張口要說，忽而又極力忍住。有生以來，他從未曾遇到過如此難以解決的問題！

妙手許白，張著其利如刀的雙目，緊緊地凝視著他，心裡也在奇怪，這年輕人，為什麼會如此？

在他想來，任何一個問題，都是非常容易答覆的，尤其是有關於自己切身利害的事。

因為那只須本著自己利益較多的一方去做，在他認為就是正確的。

鐵面孤行客自靜坐如泥塑，不知道他是否聽到他們的對話。

伊風驀地咬牙，下了個決定——

第廿一章　各懷機心

他朗聲道：「前輩既然如此相逼，晚輩自然不得不說出。」

他劍眉一揚，正氣凜然！接著又說道：「只是晚輩卻不是為了愛惜自己的時光，甚或生命，而是為著另外數百條人命，不得不將此事說出……」

妙手許白微一皺眉，似乎覺得不耐煩，也似乎對伊風的話，頗不相信。因為在他想來，世上簡直不可能有伊風口中所說之事。

伊風朗朗說下去道：「小可此來滇中無量山，是關係著武林中一個絕大的秘密，那就是百十年前，武林異人武曲星君所遺留下來的秘藏——」

說到此處，那一直垂目而坐的鐵面孤行客，也不禁睜開眼睛來。

妙手許白更是露出急切的神色。

伊風目光一掃，看到他們的神情，暗歎一聲，覺得這兩人武功雖高，人品卻極為低下！暗暗擔心那本《天星秘笈》若落在他們手上，那自己豈不是變成了為虎作倀？但是若非如此，又怎能救得終南山裡的數百條人命？

他長歎一聲，接著說下去道：「武曲星君死前，曾將他生平武學之精華《天星秘笈》和一粒『毒龍丸』，埋藏在這無量山裡，也就是兩位的身側……」

妙手許白和鐵面孤行客，都不禁悚然動容！

因為他們知道，自己若得了這本昔年縱橫天下的武林異人所遺留下的武學秘笈，再加上自身的數十年修為，那麼自己瞬息就可變成天下第一高手。

於是他們眼中，都發出了貪婪的光彩，更是屏息傾聽下去，生怕這年輕人不肯說出藏寶之地。

妙手許白，更不住大聲催促著：「快講下去！」

伊風卻故意停頓了半晌，使得他二人急之不勝，才接口說道：「這兩樣東西，雖是天下武林人士所渴求之物，但情勢如此，晚輩卻情願放棄這兩樣東西，而轉送與兩位前輩。但是……」

他又故意一頓，再緩緩說道：「但是，晚輩卻定要得到武曲星君所遺留的另外一物。」

妙手許白和鐵面孤行客幾乎同時問道：「那是什麼？」

伊風更為清楚地瞭解了這兩人的貪婪，一笑說道：「那就是天下至毒之藥『蝕骨聖水』的唯一解藥。我之所以渴求此物，就是為了解救終南山中了此毒的數百人命。」

他覺得在這兩人面前，已無須自稱晚輩。而這兩人也不會注意稱呼上的改變。

這兩人只是覺得這年輕人，放棄了武林秘寶，而巴巴地要那與己無關的解藥，有些奇怪。他們甚至想到這其中有什麼詭計，但他們自恃自家的能力，卻也未將任何詭計放在心上。

伊風又道：「兩位若放了我，我就將兩位帶到那藏寶之地，只要得到解藥，我便立即回去。至於那兩件異寶的分配，全憑兩位做主了。」

妙手許白和鐵面孤行客萬天萍，心中各自一轉，又同時道：「這個行得！」

妙手許白目光一望窗外，道：「現在天光已漸白，正好行事。」

轉頭一望萬天萍，又道：「你我之事，等到此事過後，再作了斷好了。」

他心中其實已另有計較。但鐵面孤行客又何嘗不是如此，當然也毫無異議地答應了。

妙手許白大笑道：「走吧！」

身形一動，龐大的身軀倏然之間，已鑽出了窗子。

伊風暗歎一聲，心想：這千里追風神行無影的輕功，果然名不虛傳！只是其藝愈高，其行卻愈卑，令人惋惜。

他思忖之間，眼前又一花，那鐵面孤行客也掠了出去。他也一掠而出。

天光雖未大亮，但東方已泛出魚肚般的白色，山坳之中，也明亮得足夠他尋找藏寶之地了。

仰望天色，他忽然想到自己如此做，是否對得起昔年疾惡如仇的武曲星君？

但事已至此，又怎有其他之路可走！

他暗地又長歎一聲，忖道：「也許他老人家的在天之靈，能夠原諒我這不得已的做法吧！」

山壁之上，滿生青苔，他沿著瀑布之側前行，目光仔細地搜索著，果然發現在那滿生青苔的山壁上，有著七處痕跡。

那是以內家金剛指一類的功力，在山壁上劃出的七個小三角，依北斗七星之位而排列。若非極為留意，也無法看到。

他低喚一聲：「在這裡了。」

跟在他後面的妙手許白和萬天萍，也立刻緊張地停下了腳步。

他找到七星中的主星方位，用手一推，山壁卻動也不動。

他微微一愕，立刻真氣貫達四梢，吐氣開聲，朝著那位置雙掌緩緩推去——

立刻起了一陣無法形容的聲響，而那一片渾如整體的山壁，右側卻緩緩應手向內移去，左側卻向外面旋了出來。

於是，山壁上立刻現出一處洞穴。

他狂喜之下，暗自佩服那位前輩異人心意之靈巧。

突地，身側「嗖嗖」兩聲，原來妙手許白和萬天萍，已搶著掠了進去，他嗤之以鼻地輕笑一聲，也跟著走進這藏寶之窟。

有天光自入口之處射入，是以洞窟之中，並不十分黑暗；但洞的內端，卻是黑黝黝的，彷彿深不可測。

妙手許白朝伊風一揚手，伊風眼神微分，再定睛看去，自家身上的火摺子，已被這位神偷妙手，在這一剎那裡，不知不覺地偷了去。

他無可奈何地一笑，心想：自己總算嘗到了這位神偷妙手的滋味。

妙手許白恍開火折，當先向內走去，萬天萍當然亦步亦趨地跟在後面，伊風反而走在最後，只是他也並不在意而已。

前行數十丈，洞窟越來越窄，前面忽然有一張石桌擋住去路。

三人目光動處，都看到了那石桌上放著一個鐵匣，妙手許白和鐵面孤行客身形疾動，幾乎在同一剎那裡，都抓到了那鐵匣。他兩人對望一眼，心中各懷戒備。

萬天萍伸手一扭，那匣上的鐵鎖便也應手而毀。

伊風也掠了上來，目光注視著。

鐵匣的匣蓋，被兩人同時揭開，首先入目的，卻是一張杏黃紙柬。

妙手許白和鐵面孤行客又對望了一眼，各自緩緩縮回手。

借著火摺子所發出的光線一看，只見那張杏黃紙柬上寫著：「入此門者，既屬已抱決死之心之人，啟此匣後，立服此丸，方具無窮神力，啟我後洞，得我秘笈……」

妙手許白和萬天萍看到這裡，同時倏然伸手，「啪」的一聲，兩人手掌相擊，各自後退一步。

伊風目光動處，卻接著念下去：「……得我秘笈。此丸『陰霄』，雖具無窮妙用，但卻內含劇毒。服此丸者，三年之後，必噴血不治而死。此三年中，汝可享受人生，任意行事，因汝之神力，已可無敵於世矣。」

他朗聲念完，妙手許白和萬天萍都縮回手，愕愕地說不出話來。

他們誰都不願意就只再活三年，當然不願服下此丸。伊風搶前一步，伸手向那匣中，說道：「兩位既然都不願服，我就服了吧！」

哪知風聲嗖然，一隻手擒向他的脈門，另一隻手卻分釐不差地指向他肘間的「曲穴」。

他只得連忙縮回手臂。

卻聽得鐵面孤行客萬天萍冷冷說道：「你也服不得！」

伊風一愣！須知他最最渴求之事，便是能夠雪恥復仇。此丸服下後，縱然只能再活三年，但他若能借著這神力完成心願，那死亦不惜。是以他才有服下此丸的決心。

他愣了半晌，才體會出來，忖道：「這兩人不願短命，當然不願服下此丸。可是卻又怕我服下此丸後，有了『無敵於世』的神力，而對他們不利，是以他們才也不願我服此丸。」

冷笑一聲，也後退一步，束手而觀。

妙手許白和萬天萍，果然是這種心思，他們腦海中極快地思索了片刻，仍然沒有解決的方法。

妙手許白緩緩說道：「我等先拿了此丸，再往前行，也許合你我三人之力，能夠開啟那武曲星君的後洞，也未可知，那麼此丸便可棄去了。」

萬天萍微微頷首，一聲不響地拿起那鐵匣。

妙手許白望了他一眼，暗中忖道：「你一手拿著這鐵匣，等會便少了一隻手和我搶東西了。」

心裡好生得意，面上卻一絲也不露出來。

於是三人掠過石桌，又往前走去。

第廿二章　武曲星君

再往前行，洞窟也就更窄。

但三人仍可並肩而行，只是伊風卻故意走在後面而已。

前行數十步，前面赫然一塊巨石，正好嵌在洞窟裡。

這塊巨石，龐大無朋，怕不在千斤之上；普天之下，恐怕再難有人能獨力移去此石的。

萬天萍估量一下，道：「你我三人一齊用力，若能移去此石，進入後洞，那『蝕骨聖水』的解藥，自是歸這老弟所有，至於《天星秘笈》和毒龍丸，卻怎的分配法？」

說時，他眼睛瞅著許白，許白卻哈哈大笑幾聲，緩緩說道：「老夫無甚意見，不過總以猜枚之法，最為合適。你說如何？」

萬天萍又微微頷首。

妙手許白便又朝伊風一揚手，伊風這次學乖了，眼神一絲不分。

許白哈哈大笑道：「小夥子！真有你的！」

伸出大手朝伊風肩上一拍，伊風卻一直警覺著。哪知許白伸開另一隻手，裡面已有十幾枚制錢，而這些制錢，伊風心中有數，又是從自己身上取去的。

妙手許白哈哈而笑，又向萬天萍道：「我手中拿著幾枚制錢，你來猜單雙，若猜中了，《天星秘笈》就歸你；若猜不中，《天星秘笈》就歸我，你說好不好？」

萬天萍一聲不響。

許白將手放在背後，一會兒又伸出來，緊緊握著拳，朝萬天萍道：「你猜！」

「雙！」

萬天萍一口答道。

許白伸開手掌，裡面有六枚制錢，正是雙數，萬天萍猜中了。

許白一副懊惱的樣子，道：「《天星秘笈》是你的！」

萬天萍面上雖不露聲色，但心中卻甚喜。

因為這武曲星君的一生武學，淵博如海，至今武林尚無一人能及。這種內家秘笈自然又比毒龍丸高上一籌。

哪知許白面上雖懊惱，心中卻得意，暗暗忖道：「萬老頭子，你又上當了。我服下毒龍丸後，功力立刻就勝過你，你總不能立刻學會《天星秘笈》上的武功呀，我難道不能從你手上將《天星秘笈》搶過來？你聰明一世，卻糊塗一時了！」

原來他心中早就有了計較，是以才會提出猜枚之議。

須知妙手許白以妙手名滿天下，手上的功夫，已經妙到毫巔，將手裡制錢的數目，隨意變化一下，那還不是簡單已極的事！

萬天萍果然聰明一世，糊塗一時，心中得意，口中道：「分配已定，你我就一同用力，將此石推開吧！」

說罷舉手先向那大石推去。

這三人一齊用力，威力豈同小可！那塊巨石瞬間向後移去，兩旁露出兩個尺許寬的通道後，許白和萬天萍就一齊住手，向內掠去。

裡面豁然開朗，又是一個極大的洞窟，卻是這山窟的頂端。

妙手許白手中火折一照，發現洞中也有一張石桌，桌上也放著兩個鐵匣。

他兩人連忙向前掠去，一人攫取了一匣，扭鎖一看，無巧不巧，那妙手許白手中之匣裡，果有一個玉瓶，上面赫然寫著「毒龍丸」三字。

他等不及去顧萬天萍的反應，匆忙地從瓶中倒出一粒龍眼大的丹丸，就往口中送去，果然入口香氣凜冽，他連忙咽了下去。

伊風掠進這洞窟時，石桌上已空無所有。萬天萍正狂喜著檢視匣中的一本黃綾小冊，而那妙手許白也正在回味丹藥。

伊風一驚：「難道那解藥竟不在此洞中？」

他遊俠江湖，雖非大慈大悲之人，然而此刻倒是全為著別人，一點為己私心也沒有。

他目光四掠，才發現洞窟上端，突出一石，石上放著一個玉瓶。

於是他連忙提氣縱身，向那上面掠去，剛剛夠著地位，右手疾伸，扳著那山石。

目光動處，竟發現這塊突出的山石上面，除了那玉瓶之外，竟還有一方上面寫滿字跡的黃綾。

他心中一動，暗忖：那武曲星君將解藥遠遠放在此處，必有用意。

於是先不飄身下墜，左手拿了那方黃綾，就著微光一看。

只見那上面寫著：

余一生行俠，然卻死於流言，蒼天！蒼天！奈何奈何！

世人對余不公，余亦可對世人不公。

然余不忍將一生心血所聚，隨余之死而永遠湮沒，是以將余武功之精粹《天星秘笈》及靈丹妙藥，藏於此間。

然非具必死之心之人，雖入此洞，亦不能得我秘藏，傳我秘技，君臨天下。

此洞所藏之毒龍丹，仍昔年屠龍大師採天下靈藥而成，功能奪天地造化，但其性至陽，若未先服前洞之至陰丹藥陰霄丹，再於用力推石時引發藥性，而貿然用此，則半時之內，必噴血而死……

看到這裡，伊風心中一凜！

移目下望，那萬天萍正貪婪地看著那本秘笈，而妙手許白卻雙手緊抓著石桌，全身起了一陣陣扭曲。

伊風心裡，驀然起了一種難言的感覺。

再往下面看道：

是以入我洞者，無必死之心，棄陰霄之丹，則縱能以其他方法進入此洞，仍不免一死。

有緣之人，得我秘藏；無緣之人，必遭橫禍。余死非遙，臨書感懷良多矣！

書法越來越亂。下面潦草地寫著：「武曲星君臨行絕筆。」

伊風匆匆看完，忍不住長歎一聲，飄落地上。

萬天萍此刻才注意到他，也看到他手中的黃綾，縱身一掠，一把搶了過來。

伊風不與他爭，退後一步。

萬天萍極快看完，突地發狂地笑了起來。

伊風心頭又一凜。目光轉到妙手許白身上，卻見他全身痙攣不已，額上也已開始流下黃豆般大的汗珠。

萬天萍笑聲越厲，震得山窟之內，迴聲四起，像是有著無數個萬天萍在這山窟之中狂笑一樣。

妙手許白緊咬牙關，厲聲喝道：「你笑什麼？」

萬天萍狂笑道：「許白呀！許白！從此以後，你再也不能和我爭了。」

他舉起那方黃綾，一句一句地，將上面的字跡念了出來。

念到一半，許白就狂吼一聲撲了上去。他此刻體內萬火焚心，健壯的肌肉扭曲，將那件本已破爛不堪的鶉衣，掙得片片零落！

萬天萍知道自己的功力和許白相若，見了他撲上來，也不以為意。冷笑一聲，喝道：「臨死狂徒！還掙什麼命？」

左脅挾著那裝著《天星秘笈》的鐵匣，左手緊緊握著，原來他早已將那粒「陰霄丹」抓在掌心，右掌一揮，直取那像病虎一樣撲來的妙手許白的前心。

妙手許白雖然已近瘋狂，但是他數十年的堅苦修為，仍使他在這種情況裡還沒有忘記應敵的招術，左掌向前狂擊，右手箕張，向萬天萍當胸抓去，這已是拚命的招數了。

萬天萍冷笑忖道：「你這是找死！」右掌加了十成真力，向前擊出。

須知他武功雖和妙手許白相若，但他所習的是金剛掌力，若硬碰硬地互對掌力，以輕軟之功稱譽的許白，便萬萬不是他的對手，何況他以右掌出擊，而許白卻僅以左掌相迎呢？

哪知雙掌一接，卻大出萬天萍意外，自己身形倏地一震，還未來得及轉第二個念頭，妙手許白的右掌，已扎扎實實地抓向他前胸。萬天萍慘吼一聲，妙手許白的右手五指，竟深深揮入他胸內。

原來那毒龍丸至陽至剛，天下沒有任何人能單獨服用，否則，便引發心火，噴血而死；妙手許白，也不例外。但是他在服下此丸後，體內的真力便倏然增長數倍，這種功力的暴增，也是任何人所不能抵受的痛苦，是以對掌之下，萬天萍便萬非他的敵手。

伊風遠遠站著，看到這一幕慘絕人寰的景象，縱然深惡此二人，但也不禁惻然！

鐵面孤行客胸前劇痛，狂吼一聲，拚著最後一絲餘力，右掌前擊，砰然一聲，也扎扎實實地擊在妙手許白的胸前。

妙手許白雙睛血赤，鐵面孤行客這勢挾千鈞的一掌，並未能使他摔出去，只是卻已將他前胸的肋骨，盡數打斷了。

然而卻有另一種奇異的力道，竟支持他殘存的生命力，他巨靈般的左掌，疾地前伸，五指如刀，竟又插在萬天萍的咽喉裡。

萬天萍的鮮血，濺得他一身一臉，使得虬鬚巨目的他，更為猙獰可怖！從許白口中泌出的血，已一滴滴落在萬天萍的臉上。

這兩人天資都絕高，武功亦奇深，在武林中享有盛名的怪傑，竟為了一些貪心，而落得如此下場，是值得惋惜的，抑或是不值的呢？

但無論如何，伊風畢竟做了這幕慘劇的唯一看客；無論如何，他對這兩人的死，也懷有許多悲愴和許多感觸！

火摺子先前被妙手許白放在桌邊，此刻燒到了石桌，就熄了。

山窟裡頓時變得墳墓一般的靜寂，墳墓一般的黑暗——伊風怔怔地站在那裡，悄然閉起了眼睛。

但是這景象卻仍深邃地，留在他腦海裡，這也許對他以後做人，會有著很大的影響吧。

良久，他茫然睜開眼睛，但四周卻仍像他閉著眼睛一樣黑暗。

於是他摸索著，走到石桌邊，摸索著，拿到那火摺子，恍開火焰，地上的「南偷北盜」，血液互流，緊緊壓在一處。他們生前的恩、怨，以及他們生前的貪婪，此刻已隨著死亡，永遠消失了！

沒有任何聲音，即使連最輕微的風聲、蟲鳴，都沒有。伊風除了他自己的呼吸之聲外，什麼都聽不到。

他又愣了半晌，緩緩移動著腳步，走到那兩個怪傑的屍身之側——然後，他將這兩具屍身，移到石桌上。

直到此刻，萬天萍仍緊挾著那內放《天星秘笈》的鐵匣。伊風長歎一聲，費力地將那鐵匣，從他冰涼的脅下，取了出來。

先前，他雖對這兩人深為輕視和痛惡，但此刻，這份輕視和痛惡，也隨著這兩人的離開人世，而離開了伊風的心房。

他黯然掏出一塊白巾，為這兩位怪傑，拭淨了臉上的血跡，再縱身掠起，從那塊山石上，拿下了那裡面放著解藥的玉瓶。

此刻他腦海中空空洞洞，除了那一幕慘烈的景象外，他想不到任何事。

雖然他鼻端嗅到一股異香，他也沒有去探查那異香的來源。只覺得這洞窟裡，有著一股令人窒息的意味，壓在他的心上。

他有急切離開這裡的欲望，匆匆啟開鐵匣，將那本《天星秘笈》揣在身上；手裡謹慎地拿著那玉瓶，因為這關係著許多人的生命。

於是他回轉身，向洞外走去。

只遺留下這兩個武林怪傑的屍身，糾纏地倒臥在石桌上。也還留下兩件他唾手可得的武林異寶，湮沒在這洞窟裡。

當然，這兩件武林異寶，是不會永遠湮沒的。
那麼又是誰能有緣得到它呢？

第廿三章　相憐同病

伊風以盡可能的速度，趕出了這個洞窟。外面日色滿天，已是晌午時分了。

他遊目四顧，山坳裡景色依然，那古拙的石屋，也仍然無恙地蹲踞在那裡。

但是這石屋的主人呢？

他不禁長歎著。

自己也覺得自己的心情，像是從墳墓中復活一樣！

他的心情，此刻是蕭索而落寞的，下意識地移動身形，向山坳外走去。

沿著山澗，他極快地往山下縱去。直到已近山麓之處，他才想起在那山坳中還有一堆價值無可比擬的珍寶，他憑著那堆珍寶，可以在這世上任意做許多只要自家願意做的事。

他還想起，在「南偷北盜」的身上，還有著一個價值比那堆珍寶更高的寶物璇光儀。

他的心不禁動了一下，幾乎想立刻折回去，取得那些東西。

但是，在他心底深處，卻有一種更強大的力量，禁止他如此做！

妙手許白和鐵面孤行客的慘死，終南弟子的呻吟……這些，也都真實而深刻地，在他腦海中掠過。

於是，他毫不考慮地，加速了身形，掠向山下。

因為他知道，唯有這樣，他的心才能平靜。

縱然你擁有天下所有的珍寶，但心若不安，你也算是不快樂的人，是嗎？

——至少，一部分人是如此。

繚繞的白雲，本來是在他腳下的，此刻已變為在他頭上。

前面山路一轉，他知道要再越過兩處山峰，才能回到入山之處。

於是他身形更快，恨不得插翅飛回終南。

轉過一處山峰，忽然有一聲長歎之聲，從山腰旁的林木中傳出，聲音中，充滿了幽怨、憤慨和不平。

在靜寂的群山中，顯得分外清晰。

在晚冬寒風中，飄出去老遠、老遠……

伊風身形不禁略為停頓了一下，暗忖：「這世上的傷心人，何其如此之多！」

思路未終，那林木中又傳來一個悲憤的聲音，似乎是喃喃自語著。

伊風並不能聽得十分真確，但他自幼練功，耳目自然要比常人靈敏得多，隱約中他仍可聽出語聲中似乎有「罷了……再見……」這樣的詞句。

他心中一驚，暗自思忖著：「莫非有人要在這深山荒林中自盡？」

一念至此，他腦中再無考慮，身形一轉，向那歎息聲的來處掠了過去。

方進樹林，伊風目光瞬處，果然發現在林中一株枯木上，懸著一人。

他的猜測果然不錯，這荒林之中，果然有人自盡。

他的身形，立刻飛掠了過去，速度之快，幾乎是在他目光所及的那同一剎那。

他右掌朝懸在樹枝上的繩索一揮，手指般粗細的繩索，應手而斷，懸在繩索上的軀幹，自然也掉了下來。

伊風左手一攬，緩住了那人下落的勢道，隨著自己身形的下落，輕輕將那人放到地上。他探手一摸那人的鼻息，尚未氣絕。

於是他在那個人的三十六處大穴上，略為推拿一下。那人悠悠長歎一聲，便自醒轉，目光無助地落在伊風身上。

伊風微微一笑，朗聲道：「好死不如歹活。朋友！你正值盛年，又何必自尋死路哩？」

那人穿著破舊的衫褲，面目也十分憔悴。

但是從他憔悴之色中，仍可以發現他是一個極為清秀的人，年齡也不過才二十多歲。

這使得伊風對他起了好感。

那人目光呆滯地轉了幾轉，似乎在試著證明自己雖已無意留戀人世，但卻仍然活在人世上。

聽了伊風的話，長歎一聲道：「你又何必管我？我心已死，縱然人活在世上，又有什麼生趣？」

他微一停頓，又道：「你非傷心人，當然不知傷心人的悲哀。」

他說的是川黔口音，詞句之間，竟非常從容得體。

那和他的外表，極為不相稱，顯見是落魄之人。

伊風自憐地一笑，忖道：「你又怎知我不是傷心人呢？」

口中說道：「朋友！有何傷心之事，不妨說來聽聽，或許在下能效微勞，也未可知？」

他的語氣非常謙和，絕未因對方的落魄，而稍有輕視。

那人又長歎一聲，自訴了身世——

原來他是川邊屏山鎮上的一個書香子弟，姓溫名華，雖非天資絕頂之人，但讀書倒也非常通順。只是命運不佳，一直蹉跎潦倒，成了個百無一用的無用書生。

他家業一光，維生便無力。於是只得攜帶著嬌妻，由川入滇，在這無量山裡採樵為生。文人無命，就是世上最可憐的人了！

但是他的妻子，卻耐不住這山中寂寞，竟和另外一個偶然結識的商人私奔了。

溫華簡略地說出了自己悲慘的身世。

真正是人海中許多值得悲哀的小人物，所通常能發生的故事。然而伊風聽了，卻感觸甚深。

他怔了半晌，心中翻湧著百般滋味。這溫華的身世，不也有幾分和自己相同嗎？

「相憐最是同病人」，他也陷入悲哀了！

溫華又歎道：「你我萍水相逢，承閣下好意救了我。但是閣下只能救我之身，又怎能救我之心呢！」

「唉！金錢萬惡，卻也是萬能的！」伊風心念一動，突然想到在山巔處石室中那一堆珠寶。

於是他微笑問溫華道：「你我既然相逢，就是有緣。我在此山中存有些許錢財，於我雖無用，對你卻或有幫助……」

他看見溫華張口欲言，又道：「你萬勿推辭！若你得到那些錢財後，還想自盡，我也不再攔阻你。唉！其實天下盡多女子，你妻子既然無情，你又何必……」

說到這裡，他卻不禁自己頓住話。他在這樣勸著人家，而他自己呢？

第廿四章　峰迴路轉

留戀人生，本是人類的通性。

溫華終於跟著伊風上山。

他右臂被伊風所持，只覺身軀像是騰雲般，直往上飄。心中對伊風之羨慕，無以復加！

而伊風呢，他腳下雖不停地走著，然而心中卻動也不動地，停留在一處——那是在江南的一道小木橋上遠處的晚霞，多彩而絢麗，近處的燈煙，婀娜生姿，夕陽所照，河岸邊的青草，轉換成夢一樣的顏色，再加上橋下流水的低語，人間豈非勝於仙境？

就在這地方，伊風第一眼見到他的妻子——自然，當時她還不是他的妻子。

她騎著白色的馬，緩緩地，由橋的那邊策馬過來，夕陽照著她的臉，髮絲隨著春日的微風，在她嬌美如花的面頰上飄舞著。

伊風陷入了回憶——

「她玉也似的右手，輕輕揮舞著馬鞭。

「朝我甜甜一笑：就是這一笑，使我忘記了一切！由江南忘情地跟著她，跟到江北。一路上，她對我似乎有意，又似乎無意。

「我碰到我的好友銀槍陶楚時，才知道她就是江湖上的第一美人，銷魂羅剎。」

伊風不自覺地微笑一下，忖道：「她這個名字在嫁給我後，就變成了銷魂夫人了。

「我雖然追隨萬里，可是始終沒有機會認識她。

「直到一天，她在劍門道上，遭遇了『劍門五霸』。她的一條亮銀鞭，怎抵敵得著那凶名四播的『劍門五霸』手中的五樣兵刃？眼看就要不敵，她若被『劍門五霸』所擒，那後果是不堪設想的！

「我自然出手救了她，也借著這機緣認得了她。

「我那時年輕氣盛，自恃武功，在江湖上不知為她結了多少冤家。

「直到有一天，我為她得罪了以毒藥暗器馳名天下的四川唐家，身受三件唐家父子的絕毒暗器，她才對我稍微好一點。

「可是，我那次也真是九死一生，現在想來，我真有些懷疑是否值得了。

「自從那次之後，她對我可算好到極點。我們並肩馳騁，遊遍了江南江北，大河東西，甚至連塞外，我們都跑去過。

「那一段時日，真是甜蜜蜜的！

「有一天，我們靜靜坐在星空下，她指著天空上的織女星說：『這就是我。』又指著牛郎星說：『這就是你。』

「我就說：『一年只見一次，未免太少了吧！』

「我還記得她那時的甜笑。

「尤其她說著：『金風玉露一相逢，便勝卻人間無數。兩人情深，又何須多見！只要我們能生生世世在一起，一年只見一次，我也甘心。』

「說那句話的時候，她若叫我立時死在她面前，我也會毫不猶疑地去死的！」

伊風因著這些甜蜜的回憶而微笑了。

「後來我們定居了下來，那雖然是一間並不華麗的房子，然而在我看來，卻像是仙境一樣！

「無論颳風下雨，冬天夏天，我們兩人都是快樂的。

「有時，我們縱然對坐著聽了一夕的雨聲，但卻比做任何事都快樂。

「在那段日子裡，我什麼都不想做，甚至連家門都不願踏出去一步。江湖中的聲名，武林中的恩怨，我都不再在意。當時我就想：若是她離開了我，我就算成為武林中第一人，又有何樂趣？」

他長歎一聲，忖道：「但是，我想不到她後來真的離開了我，做了那天爭教主的情婦。

「我起先不懂她是為著什麼。後來我才知道，那天爭教主武功比我高，權力比我大，她在他那裡，可以享受許多在我這裡享受不到的東西，所以她才會背叛了我。」

他心中又開始堵塞起來，自憐、自責、自尊心的屈辱，使得他幾乎連歎息都不能夠！憤怒和復仇的火焰，燃燒著他的心。

他望了望旁邊的溫華一眼，忖道：「我要將那石室中的珍寶，全部給他，讓他能享受一些人世間的快樂；而讓他那淫蕩無恥的妻子，後悔自己為什麼要離開他！」

於是他突然向溫華道：「以後，你的妻子若再來哀求你的寬恕，你大可以將你此刻心中所感到的屈辱和悲哀，加倍地還給她的身上，然後再趕她出去。」

溫華茫然地一點頭，覺得這奇怪的年輕人，想法和自己有很多地方完全相同。

他卻不知道，伊風的遭遇，也正和他一樣哩！

水聲潺潺，又到了山澗之處。

伊風精神一振，飛也似的向上面掠去。只是他自己有些感覺到，自己的體力，日漸不支了。

穿過夾壁，山坳中一切仍如故。

他目光四掃，發現那山壁秘窟入口處的那塊大石，也仍是開著的，露出裡面黝黑的洞穴。

他身形停頓下來，指著那間石屋道：「那裡面的寶物，足夠你做任何事！」

他隨即又補充著說道：「這些寶物，雖非我所有，但我卻有權來動用它。」

溫華此刻對伊風已是心服口服，當然只是唯唯稱是。

到了那石屋旁，伊風和溫華一齊向窗內望去，兩人都大吃一驚！

溫華驚異的是：

這石室中放著的珍寶，遠出他的意料，竟比他做夢夢到的還要多。

他想到這些就要歸為自己所有，心中不禁一陣陣地劇跳，又有些不相信這會是真實的事情，因為這比夢境還要離奇。

而伊風驚異的卻是：

這石室中的珍寶，竟比他清晨所見少了不知多少，剩下的不過僅是全部的十分之一了。

「是誰拿了去？」伊風吃驚地問著自己。

目光又四掃，想從周圍的物事上，尋找出自己這個問題的答案。

但是他失望了！

這山坳裡的每一件東西，似乎都完全沒有變動。

他想尋得一片足跡，或者是任何有人來過的跡象。

然而他也失望了。

突地，他在地上發現了一滴血漬，連忙蹲下去看，血漬雖已乾，但他憑著多年江湖的經驗，判斷這血漬，絕對是新鮮的。

「這孤零零的一滴血漬，代表了什麼？」

他再次詢問著自己，像是一條獵犬在搜尋著他的獵物似的，嚴密地打量著四周。

突地，他在近洞口之處，又發現了第二滴血漬。

他連忙掠了過去，發現這第二滴血漬，和第一滴血漬一樣，也是新落不久。

於是他毫不猶豫地一掠進洞，極快地向洞口走去。

他再掏出火摺子，一路上仔細地搜索著，一直到了後洞，那塊巨大的山石，仍靜臥在那裡未動。

他謹慎地掠了進去，火折上的火焰，因著他身形的突一轉折，稍稍暗了一下。

等到火焰再明的時候，伊風不禁驚叫起來。

原來他親手放在石桌上的兩具屍身，此刻只剩下了妙手許白的一具；而妙手許白的屍身，也改變了原來的姿勢。

他禁不住全身生出寒意！

「鐵面孤行客的屍體到哪裡去了。那人拿去他的屍體，有何用意？若說他的屍體不是被人拿走，那麼——」

他又起了一陣悚慄，不想再往下想。

搖曳而微弱的火焰之光，照著妙手許白的屍體和地上的血漬，給這本就陰森的洞窟，更添了幾分陰森和恐怖！

伊風望著地上的血，再想到方才所見的那兩滴血漬，再也不敢在這洞窟裡待下去了。一轉身，飛一樣地掠出洞去。洞外的天色，比他入洞時彷彿暗得多了。微風吹過，颯然作響，吹著伊風的衣袂，他打了個寒戰。目光動處，心中不禁又吃了一驚！

和他一齊來的溫華，此時竟突地不知去向。他心中一凜，到石室窗旁，向內一看，趕緊回身掩目，不忍再看。

溫華竟僵臥在石室裡，而他身畔，竟有一灘血漬。

伊風此刻心中，滿被恐怖所據，已連冷靜思考的能力，都沒有了！這卻也難怪他，任何人處於此情此景，也會嚇煞！他心中正自暗悸，突地身後傳出一聲陰森至極的冷笑。

他回頭一看，雙目一陣眩暈，又忍不住駭極而呼——原來他的身後，僵立著一個全身血跡的人，目中神光炯然，卻正是伊風親眼看著身受兩處不治之傷，已經死去的鐵面孤行客萬天萍。

第廿五章　死人復活

伊風回頭一看，頓時他的血液和骨髓，都像是凝結住了——

在他後面發出陰森的笑聲的，正是他自己親眼目睹，那已在「武曲星君」秘藏的洞窟裡，被妙手許白以重手法力創前胸和咽喉，已經毫無疑問地死去了的鐵面孤行客萬天萍。

伊風用力眨了眨自己的眼睛，暮色雖已臨，但大地仍不曾完全黑暗，而他自信自家的目力，也絕不致發生眼花的現象。

那麼這已經死去了的萬天萍，此刻又怎會站在他眼前呢？

萬天萍滿身都沾染著鮮明的血跡，他那枯瘦的面孔，在血跡之後呈現著一種異樣的陰森，他的笑聲，在清寒的夜風中擴散著，聲波遠遠地傳到這山坳的四壁，又反震了回來，震盪著一陣陣令人驚悸的餘音。

這本已陰冷森寒的山坳，更像是抹上了難以形容的恐怖色彩，從上面奔流而下的水聲，此時也像是變成了啾啾鬼咽。

就在伊風目光接觸到鐵面孤行客萬天萍的那一刹那，伊風的萬千感覺，卻倏然停頓住了，無助地恢復到千萬年以前，人類在原始時代所具有的那種恐怖的感覺裡去。

萬天萍的笑聲未絕！

帶著這種震人心腑的笑聲，他緩緩地，一步步地向伊風走了過去，目中懾人的光芒，也像是鬼魅般那麼尖銳和無情。

他陰森地笑著道：「你又回來啦！好極了……」

伊風已無法分辨他的語聲是像人類般地發自丹田，抑或是那種淒陰的鬼語。他的身形，不自覺地隨著萬天萍的來勢，而一步步向後面退著。

他的目光，生像是被一種不可抗拒的力量所吸引著似的，瞬也不瞬地瞪在鐵面孤行客的身上，目光中所呈現的那種驚悸之態，使得萬天萍那種陰森淒厲的笑聲，越發顯著了。

驀地，他感覺到身後就是那石屋的石壁，他知道已無法再向後面退了。

於是那種和這鬼魅似的萬天萍，將要逐漸接近的恐怖之意，更像四周山嶽的陰影般，緊緊壓在他本已悚慄的心房上。

這種恐怖的感覺，不可思議地使得這身懷絕技，而江湖歷練也異常豐富的伊風，竟失去了抵抗，甚或是逃避的力量，而只是動也不動地站在那裡，靜待著萬天萍一步步向他行近——

隨著萬天萍的腳步，空氣中的每一瞬息，都像是鐵鎚般地敲在伊風身上，他驚恐地發覺自己的四肢有麻痺的感覺。

漸漸，他們之間的距離，已縮短得只剩下常人的七八步了，而像他們這樣武林高手，自然輕輕一掠，便伸手可及。

萬天萍果然緩緩伸出手來，他的手上也沾滿了血跡。

這曾以鷹爪功震爍武林的豪客，此刻卻是以手上的血跡震悸著伊風的心。

他那枯瘦的手掌，一被血跡沾滿，更與鬼爪何異！

突地，萬天萍的笑聲戛然而止。

於是縱然有奔流的水聲，四周也頓時變得死樣的靜寂。

伊風努力地支持自己的身軀，然而不知怎的，他全身都莫名其妙地僵硬了。

這時只要萬天萍輕輕一掠，他便得立時傷在垂名武林的鐵面孤行客那雙摧金鐵如枯朽的鐵掌之下。

這當然是一瞬間便可解決的事，只是這一瞬間在伊風看來，卻有如無盡期的漫長罷了。

人世間的事，有時是難以解釋的。

但就在伊風為終南弟子求命，遠赴滇中無量山，而遇著這等奇事，是以陷入死亡的恐怖中的同一時間內，終南山一息垂危的數百弟子，卻從死亡的恐懼中，倏然逃逸了出來。

伊風離開了終南山後，終南道院中的每一個人，除了等待之外，就別無選擇。

等待，這在別人來說，也許是經常能有的經驗，然而在劍先生和三心神君來說，這就是一種新奇的體驗了。

萬劍之尊和三心神君，數十年前便以絕世神功名滿天下，至今更已近不壞之身。

以他們的自身功力而言，普天之下，絕少有他們不能做到的事，是以他們便根本不需等待。而此刻，這兩個武林奇人，卻遭遇到前所未遇的困難了！

這龐大的道觀每一個角落裡，都瀰漫著淒涼的氣息。

幾乎每一天，這道觀裡，便得添上幾條冤屈而死的人命。而束手無策的終南掌門玄門一鶴，卻只得任憑這些屍體停留在丹房裡。

於是每過一天，這武林名派之一的終南派的發祥地，便更增加了幾分淒涼和悲哀的氣息。

劍先生和三心神君在後園中的一個山亭裡，垂首對弈。但是不可否認的，他們的心思，誰也不能專注在棋盤之上。

凌琳的傷勢，也在漸漸痊癒之中，她醒來後所見的事，自然令她非常驚異和奇怪，於是她的母親就清楚地告訴了她。

但是這年幼而聰明的女孩子，卻絲毫不感激伊風。她的想法是：若沒有伊風，那奪命雙屍怎會遇著自己！

於是孫敏無言了，她對她這精靈古怪的女兒，除了愛護之外，又有什麼辦法！

凌琳當然也慶幸自己能遇著這兩位奇人，也對人家深為感激。

她傷勢雖漸癒，卻仍然行動不得，只得留在那間丹房的雲床上。

她年紀雖幼，可是已飽經憂患。在她那已接近成熟的頭腦裡，終日旋轉著一些在她這種年紀裡的別的女孩子所無法想到的事。

奇怪的是：她對那沉默寡言的玄門道者——終南掌門妙靈道人，從第一眼見到面時，就起了一種難以形容的惡感。這種惡感的來源，是無法解釋的，只是出於她的本能而已。

孫敏除了到那小亭中照應劍先生和三心神君之外，就在那間丹房裡陪伴著她的愛女；她的心，卻可憐地被割成三個！

除了對愛女的愛護和對往事的思念之外，這命運多舛的婦人，此刻更多了一分等待和焦急，也多了一份難言的情感。

她的等待和焦急，當然是為著伊風。她莫名其妙地對那年輕人有了好感，焦慮他此行能否成功，等待他早些回來。

但是她的這份等待和焦急，是可以解釋的，因為她在照料著伊風傷重的那一段時間時，她的心中，已將伊風和她的愛女，放在同一位置。

但是她對劍先生的那一份情感，卻是不能解釋的了。她當然也知道：自己無論在哪一方面，都和人家相差得太遠；她也知道：這看來雖似中年人的劍先生，實際的年齡恐怕已遠在古稀之上。

可是她那一顆久無寄託的芳心，此刻卻不由自主地放在人家身上。只要能得到人家的輕輕一顧，她就有無比的甜蜜！

這些，當然都是她心底的秘密。她將這份秘密，深深隱藏起來，在她面對著愛女純真而美麗的面孔時，她卻又會為了自己的這份秘密，覺到慚愧。

可是凌琳在聽了她母親所說的天毒教施毒之事以後，卻老是不停地問著些問題，而這些問題，卻使得孫敏竟也忘記了她心中情感的紛擾。

第廿六章　重重疑竇

凌琳第一個提出的問題是：「這麼說終南山上的道士，全是吃了裡面含有『蝕骨聖水』的泉水而中毒的了。那麼我們吃的，是不是也是那泉水呢？」

這問題孫敏可以答覆。在他們來此之後，劍先生就叫妙靈，遠到後山的另一個水泉處取來食水，為的自然是避免中毒了。

可是凌琳又問：「終南山道人們平日食用的水，若是從山泉中取來的，那他們就不可能全部中毒了，因為山泉是往下流的呀，那麼有毒的水，就不可能永遠停留在他們取水的地方不動，所以若是說天毒教所下的毒，是下在山泉裡，那就絕不可能，除非是終南道人們已將山泉汲來道觀後再下的毒，才像話些。」

孫敏微一沉吟，只得同意她女兒的說法，微微點著頭。

凌琳兩隻明媚的眼珠一轉，理了理鬢邊的亂髮，又道：「終南山的那麼多道人是食用同一種水，中毒有先後，那還可以說是因為功力有深淺不同；可是那終南掌門卻未中毒，卻有些不通了。難道天毒教裡的人會隱身法，能神不知鬼不覺地在他吃的水裡先放下些解藥，這有點不大可能吧！除非……」

她突然停住話，眼睛瞪著門。孫敏卻沒有注意到，心中在思忖著她女兒的見解，也認為此事其中有許多可疑之處。

凌琳突然道：「媽！你出去看看，門外面像是有人的樣子。」

孫敏一怔，隨即身形一動，推門而望，門外只有風聲颯然，卻無人影。

於是她微笑說道：「你眼睛花了吧，外面哪裡有人？」

凌琳卻搖了搖頭，若有所思地望著丹房的屋頂，像是在思索什麼難解的問題。

這兩天最苦的卻是玄門一鶴，他以一派掌門的身分，此刻竟做起伙工道人來。

晚上，他為凌琳煮了盅參湯，孫敏感激地謝著他。

凌琳也嬌笑著，將參湯拿了過來，又一縮手，口中說：「好燙呀！」將那碗參湯放在桌邊。

妙靈道人臉上的肌肉一閃，緩緩走出門去，眉頭緊緊皺在一起。這兩天來，這憂鬱的玄門一鶴的雙眉，就未曾開朗過。

在他取去凌琳桌邊的空碗時，凌琳的傷勢，彷彿又轉劇了，不住地呻吟著。他削薄的雙唇一動，匆匆地將空碗拿了出去。

孫敏立刻從小亭中趕了過來，又急忙趕到小亭中將三心神君請了來。可是等到三心神君為凌琳診斷過後，她向三心神君問著凌琳的傷勢，為什麼又會突然加劇的原因時，三心神君只是搖頭不語，臉上卻帶著冰山般的冷森之色。

孫敏的心往下沉，凌琳卻似乎又陷入昏迷之中，不停地囈語著。三心神君卻仍和劍先生神色不動地，就著夜色弈棋。

天色更晚了。雖然沒有更鼓，但推斷時候，已是三更。

一條人影在道觀的第三排丹房的後面行走著，他借著陰影藏著自己的身形，行動甚快，瞬息之間，就掠到了牆下。

在他從丹房後的陰影，掠到牆下的陰影間的那一剎那，就著微弱的天光，依稀可以看出，這人影竟然就是終南掌門妙靈道人！

他目光四顧，確定再無人發現他的行蹤，就伸出右手兩指，在牆上輕輕地彈了三下，然後就將耳朵緊緊貼在牆上，留意傾聽著。

不一會，牆的那邊也傳來三下極輕微的彈指之聲，他臉上微微露出喜色，但是這份喜悅之色，仍不能掩飾住他的驚懼和不安。

遠處的房頂上，有一條輕淡的人影一閃，那是因為這人影速度太快，在夜色中，幾乎不是人們的肉眼可以發覺的。

妙靈道人又轉頭四顧，四下沉寂如死，只有風聲吹得他寬大的道袍獵獵作響。

他輕輕將道袍的下擺掖在腰間的絲絛上，手掌下壓，身形便筆直地向上拔去，從這一手「旱地拔蔥」的輕功，就可知這終南劍客玄門一鶴的身上，果然有著極為精純的功夫。

身形上拔丈餘，他雙手一搭，搭在牆頭，身形靈巧地一翻，便掠了出去，絕對沒有帶著任何一絲聲音來。

他方落在牆外，立刻有一條人影迎了上來，這人影身形婀娜，濃重的夜色中，使人仍可以感覺到她身上所散發的媚意。

她一掠到妙靈身側，兩人立刻緊緊握著手，妙靈的喉結上下移動著，將她拖到牆下的陰影裡，接著是一連串發自喉間的「唔唔」之聲。然後是一個極為嬌柔的聲音道：「你瞧你，急得像這個樣子，卻偏偏又怕得像耗子似的！我就不相信，那兩個瘦鬼，就有那麼厲害？連你都不成……」

妙靈的聲音立刻像耳語般地說道：「媚娘！你過來一點……」下面又是一連串夢囈般的低語。

媚娘嚶嚀著，又俏語道：「你這人真是的，人家跟你說正經的，你還要這樣……」語聲被一聲突來的「唔」聲所斷，接著又說道，「等一下嘛……你難道不知道事情已經不能夠再拖下去了呀！我們這裡人手又不夠，你……你總得想個辦法呀！」

妙靈低歎一聲，道：「媚娘！我為了你，我……唉！媚娘！你不知道，這兩人……唉！事情已成了九分，哪知道這兩人偏偏撞了來。現在我也沒有主意，媚娘！只要你說，我什麼事都可以為你做的。」

媚娘輕輕一笑，俏語道：「你看你，堂堂一派掌門，還像個孩子似的！只要你在他們吃的東西裡，稍稍再放下一點，那不什麼事都解決了嗎？」

沉默了一會，妙靈似乎在考慮著。但是這沉默著的兩個人並不安靜，他們仍然在輕微地動著。兩人的身上，卻在震動著一種雖無規則，但卻是人類亙古以來就未曾改變的韻律。

風聲依然，大地似乎只剩下了他們兩人。

然而牆的那邊，卻卓然立著一個瘦長的人影，他聽到他們的話，臉上摻和著一種近於「惋惜」的悲哀，和一種「被欺騙了」的憤怒！

「想不到，他竟會做出這種事來，想不到……他是為著什麼呢？」

聽到牆那邊銷魂的「咿唔」之聲，他恍然得到了答案。

於是他長歎一聲。

牆的另一邊的妙靈和媚娘，雖然在沉醉之中，可也聽到了這一聲長歎。

兩人倏然大驚，目光同時四下一轉。

兩人眼前一花。目光便突然凝結住了。

一條輕煙般的人影，從牆的那邊掠了過來，冷酷地站在他們身側三步之處。

妙靈失色地驚呼一聲，身形惶然向後退了一步，卻不敢逃去，因為他自家非常清楚地知道，他無法逃出人家的掌握。

媚娘卻嬌喝一聲，身形一動，纖手揚處，向那人影劈了過去。

那人影輕蔑地冷笑一聲，動也不動。媚娘身形如飛燕，掌到中途，突然一轉，改劈為揮，五隻纖纖玉指，反手揮向那人結喉下一寸的「天突」，無名指一鉤，點向他「天突」穴下一寸六分的「璇璣」穴，左掌卻帶著風聲劈向那人的左肩。

這一招兩式，可說是：狠、準、快，兼而有之，誰也料想不到這一雙春蔥般的手掌，竟能夠在瞬息之間，取人死命！

那人影仍然動也不動，等到這一雙手掌堪堪接觸到他的身體時，他卻已不知怎的向右滑開數寸，雖然只是數寸，然而卻使得「媚娘」這狠、準、快的一招兩式，剛好夠不著部位。

妙靈在這人影一出現時，他心中電也似的轉動著，倏然一咬牙，身形沿著牆根，亡命地飛掠了去，聽到身後的媚娘，嬌喚了一聲，他知道那曾使得自己心醉神迷的美人，此刻怕已香消玉殞了！

但是他不敢回頭，求生的欲望使得他的輕功，彷彿比平時更快速了些。這時他心中再無別的念頭，只想自己能夠逃脫人家的掌握。

驀地，他眼前又一花，覺得有人攔在前面，他眼角動處，又不禁慘號了一聲，在深夜中令人覺得分外的刺耳而淒陰。

在他眼前的，赫然站著媚娘婀娜的身軀，夜色中，他可以看到有鮮血自媚娘那曾經發出不知幾許令人銷魂的「唔唔」之聲的嘴中，流了下來，她那一雙明如秋水的媚眼，此刻也是緊閉著的。

於是他不顧一切地撲了上去——

第廿七章　真相大白

他張臂欲抱，哪知卻抱了個空，再一抬頭，面前赫然竟是三心神君冷漠無情的面容。

此刻他神志早已狂亂，厲吼了一聲，腳尖一頓，「排山運掌」，兩掌帶著虎虎的掌風，向三心神君閃電般地撲了過去。

砰然一聲，他雙掌都扎扎實實擊在一人的軀體上，但是，那卻不是三心神君的。

原來三心神君在他的雙掌擊出時，身形微退，卻將他手中抓著的那媚娘的屍身，擋在前面，接住了這妙靈的全力一掌。

妙靈又一聲厲吼，兩條鐵臂，瘋了似的掄了開來。多日來的愧怍、不安、驚懼，都在這一刻裡完全發了出來。

他自幼入山，數十年來，都在這深山中過著清淨絕俗的生活。對於世間的一切情事，他都幾乎全然不瞭解。對於人類那些情感和欲念，他雖然隱隱約約地感覺到，但卻從來沒有體驗過。

可是，他經不起誘惑。

鄭媚娘奉了密令，千方百計地接近了他，使得這生平未曾經歷過女色的妙靈，為了她豐滿的胴體，甘冒大不韙，竟將自己門下的數百弟子，都送給別人做了創立教派的犧牲品。

他自己施毒，毒了門下的弟子，然後再準備偽裝著出於無奈，將終南山數百年來創立下的基業，雙手送於別人。

因為他的理智，已全然被慾念所迷醉，只要能一親鄭媚娘的芳澤，他甚至可能昧著良心而出賣自己的祖先！

但出乎意料之外的是：劍先生和三心神君竟突然來到終南山，這使得他膽寒而心怯了！

但他又自恃自己的謊言說得天衣無縫，因為任是誰，也不會懷疑到施毒於終南門下數百弟子的「兇手」，竟是終南派本派的掌門人妙靈道人。

只是他仍然是心虛的，終日的神經都在緊張著，生怕別人會發現他的秘密。

每一個違背了自己良心的人，卻都又會被自己的良心重壓著；而在無意之中，自己露出了秘密。

他在丹房的門外，聽到了凌琳和她母親的對話，心裡立刻不安起來，以為凌琳已經知道了他的秘密。其實這當然是他自己的疑心；而這種疑心，卻使得千百年來的無數「兇手」，自己出賣了自己！

他心生暗鬼之後，就特地做了蠱下過毒的參湯，想將凌琳殺了滅口。哪知凌琳玲瓏剔透，竟將那蠱參湯，倒在另一個碗裡，使得妙靈在取去空碗時，以為她已將那蠱參湯喝了。

於是凌琳又裝著病勢轉劇；等到三心神君來看的時候，她卻將心中的懷疑和那碗參湯，都告訴了三心神君。三心神君醫道妙絕天下，一看之下，就知道那碗參湯裡果然有著劇毒。

但是他卻不露聲色，只是在暗中留意著。

於是妙靈就在一念之差下，毀卻了自己的前途、聲譽，甚至生命！

妙靈此刻心神崩潰，已經近於瘋狂了！

三心神君冷笑喝道：「孽障！還不給我站住！」

身形動處，圍著妙靈一轉，袍袖一拂，拂向妙靈大橫肋外，季肋之端的「章門」穴。

他這一出手，正是武林中已近絕傳的「拂穴」之法，點的又是人身足厥陰肝經中的重穴。

妙靈雖是一派宗主，身手自然不凡，但是此刻心神瘋亂，遇著的又是這種絕世奇人，哪有還手之地？

三心神君一拂之下，卻只用了二成真力，手臂隨著袍袖之勢一抄，將妙靈抄在身後，足跟一旋，身形如經天之虹，向觀內掠去。

劍先生雙眉深皺，孫敏也在奇怪這素有清譽的「終南劍客」，怎麼會做出這種事情來！

三心神君冷漠的面上，現出笑容，向凌琳道：「還是你行！我們這兩個老頭子，都不及你！」

凌琳一笑，當然也有些得意，心中一動，突然從床上支起身子，道：「老爹爹！你將這個妙靈道人的穴道解開，問問他看，也許他施的毒，並不是什麼『蝕骨聖水』呢？因為我想……」

三心神君猛地一擊掌，道：「對了！既然是他施的毒，那麼這能使全觀數百人，一齊在無影無形中中毒的毒藥，就不奇怪了。」

他哈哈一笑，向劍先生道：「我們真是越來越糊塗，盡將這事往那面去想，卻不親自去檢查檢查那些道人的毒勢，想不到你也有失算的一天！」

劍先生微喟了一聲，他絕對想不到妙靈會有謊言，完全相信了他的話，是以才斷定這使終南門下一齊中毒的毒藥，一定是「蝕骨聖水」。因為普天之下，再無任何一種毒藥，有如此威力。

而此刻真相大白，以妙靈在觀中的地位，縱然以最普通的毒藥，也可使終南全派的弟子，一齊中毒的。

他微喟著，朝凌琳看了一眼，她那明亮雙瞳中，正顯示著智慧的光芒。

於是他微微笑道：「這女孩子天資之高，心思之靈巧，實在百年罕睹！只要稍加琢磨，成就怕不難超邁古人，為武林放一異彩！」

孫敏心中一動，突然「噗」的一聲，朝劍先生跪了下去。

劍先生方自微愕，卻聽孫敏道：「琳兒自幼喪父，身蒙深仇，卻無能以報，老前輩……」

她竟提出了要劍先生將自己的女兒收為弟子的要求。

凌琳心思靈巧，當然也知道她如能做劍先生的弟子，是何種的幸運！也在床上跪了下去，不停地哀求著。

三心神君暗暗搖頭，他知道劍先生幾十年來，從未收過弟子，以為這母女兩人的要求，定然要遭到劍先生的拒絕。

哪知劍先生微一沉吟，卻道：「既然如此，你們快起來，我就答應了。」

三心神君一怔，他再也料想不到劍先生會收徒弟的。

然而他卻不知道，劍先生這些天來，內心的情緒，也有著極劇烈的變動。而他這種變動，一部分是由於往事，一部分卻是因為孫敏呢！

人類心事的複雜微妙，絕對不是第三者可以猜得透的。三心神君當然不會想到在劍先生和孫敏之間，會有著情感的聯繫。

而劍先生自己，又何嘗不在為了自己這種情感而奇怪、不安。他努力地向自己解釋著說：這不過僅是一種普通的好感而已。但這種好感，是否是普通的，卻連他自己也不十分清楚。

但無論如何，他此刻竟不能拒絕孫敏的要求，而出於三心神君意料之外地，將凌琳破格收為門下，這其中關係著他內心情感的紛爭。

但不可否認的，凌琳本身也有足夠的條件，使她配做這絕世奇人的唯一弟子。

因為她以自身的智慧，使得天毒教嚴密的計畫，完全破滅了。

三心神君，發現終南弟子所中之毒，果然不是「蝕骨聖水」，而這種毒藥也是非常厲害的。但卻難不倒身具醫道中不傳之秘，將天下千百種毒性都瞭若指掌的三心神君！

於是終南山的數百道人，就在伊風回來之前，獲得了解救。

而在武林頗有清譽的玄門一鶴，卻在無數人的惋惜、不齒、責罵、憤怒之中，為著自己的慾念，喪失了他本來極有前途的生命。

人世之難測，每多如此！這件事在沒有得知真相之前，又有誰能猜得到其中的究竟呢？

劍先生等人，仍然停留在終南山上，因為他們還要等待伊風。只是他們誰也不知道，此刻伊風的生死，正懸於一髮之間。

第廿八章　生死一髮

伊風的全部思想，全身精力，都因著恐懼而像是凍結住了。

他雙目望著萬天萍伸出來的那一雙枯瘦而滿沾著血跡的手掌，心中飄飄蕩蕩、恍恍惚惚，也隱隱約約地覺出了死亡的意味。

萬天萍的雙眼，也在瞬也不瞬地望著他，卻仍然遲遲未曾出手，這又是為著什麼緣故呢？而已經身受兩處重創，毫無疑問地死去了的他，又是為著什麼，而能突然復生了呢？

他突然乾澀地一笑，裂開他那滿沾血漬的嘴，冷硬地說道：「小孩子！你趕快將那本《天星秘笈》拿出來！不然……」

他根本不需要說下去，因為任何人都能猜到他語中的含意。

伊風心中卻猛地動了一下，鬼魅似的萬天萍，在他眼中，因著這一句話而突然變回了活人。因為只有生存的人，才會有對事物的欲望。若已死了而變成了鬼，又要那《天星秘笈》何用？

他暗暗鬆了一口氣，眼光放膽地在萬天萍身上一轉，卻見他前胸和喉頭的傷痕宛然，露出一個個黝黑而驚人的空洞。

他知道這就是妙手許白的鐵鉤般的十指，在他身上留下的痕跡。而這種傷痕，只要中上一處，便足以置任何人於死命。

「那麼他為什麼又能復生呢？」

伊風恐懼之念一消，驚異之心卻大作。兩眼仍然瞪著萬天萍，並沒有去回答他的話。

萬天萍又前邁一步，喝道：「你拿不拿出來！」

伊風心中又一動，忖道：「他之功力高過於我，又明知道《天星秘笈》必定還放在我身上，大可動手制住了我，搶去這本秘笈，為什麼卻要我自己拿出來？他號稱『北盜』，本不應是這種作風呀！」

須知伊風本是絕頂聰明之人，心思靈巧已極，是以他才能以「詐死」瞞過天下武林耳目。此刻心中一動念，接著又忖道：「莫非他身受致命之傷，後來雖因著一件奇遇而能復生；但他平生的功力，卻不能在這極短的一段時間裡恢復。」

他一念至此，遂也冷冷說道：「不拿出來又怎樣？」猛然一挺腰，竟往前面邁了一步。

萬天萍面色一變，目光中滿含怒氣。

伊風目光前視，知道自己的猜測若是不對，那麼萬天萍一動手，自己便討不了好去。但事已至此，他只能將心中的緊張，極力控制著不流露出來。

兩人目光相對，各自都在心中轉著念頭，也各自猜透著對方心中的打算。

萬天萍突地又乾澀地笑了一聲，說道：「我勸你還是將它拿出來，這樣對你我都有好處。」

口氣果然緩和下來；先前話中的威脅意味，此刻減去不少。

伊風暗中又鬆了口氣，他知道自己所料想，已離事實不遠，心中又極快地轉了幾轉，冷笑道：「告訴你，姓萬的！《天星秘笈》之事，你再也休提！你若想生出此谷，哼！那還得看我高不高興呢？」

語鋒一轉，竟完全扭轉了局勢，由被威脅的地位，而變成在威脅人家了！

萬天萍一驚，他果如伊風所料，雖然幸得死裡逃生，但功力未復，一驚之下，故意不屑地狂笑幾聲，厲聲道：「我萬天萍闖蕩江湖數十年，還沒有人敢在我面前說過這種狂話的！」

他口中在說著話，眼光卻在嚴密地注視著伊風的反應，正是色厲而內荏。兩人互鬥心智之下，他已敗了第一陣。

伊風聲隨念動，突地也伸出手來，語氣異常之冷漠地說道：「拿來！」

萬天萍一愣，卻聽伊風接著說道：「你若不將那璇光儀拿出來，今日再也休想生出此谷了！」

語聲中的狂傲，更遠在萬天萍向他索取《天星秘笈》之上！

這一來主客易勢，萬天萍臉色慘白，後退一步，暗中卻在調息著真氣。

伊風雙目凝視，卻也不敢貿然向他動手。

山風更厲，夜色漸濃。

伊風若在此時一走，萬天萍斷然不會攔他，也攔不住他。可是當局者迷，伊風卻未轉到這念頭上來。

他雖沒有要得到璇光儀的野心，然而他卻想借此來折辱萬天萍一番，出一出心中的悶氣。

何況那自盡被救的書生，仍倒臥在石室之中，生死未知，他也不願就此一走。

再加上他心中疑團重重，恨不得萬天萍將他為什麼能死去重生的原因，說出來才對心思。

是以在他心中，根本沒有想到乘此機會溜走的打算。

萬天萍僵立不語，伊風不知道該如何打開這僵局。

突地，萬天萍雙目一翻，強烈的目光在伊風身上一轉，伊風心中一凜，忖道：「他的目光突然強銳了起來，莫非就在這一刻裡，他已恢復了功力嗎？這簡直是不可能的呀！」

他卻不知道，世事之奇，焉是他能想像的。這萬天萍不但功力已復，恐怕此刻他的功力，還在他未曾受傷的時候之上哩！

原來萬天萍身受重傷後，原已是不治，被伊風將他和妙手許白的屍體，搬到石床上，兩人身體糾纏，妙手許白屍體內流出之血，卻無巧不巧地，流入那尚存一息的鐵面孤行客的嘴裡。

須知妙手許白體內之血液，已滿含「毒龍丹」之靈效，卻無「毒龍丹」那種至陽至剛的藥力，正是已變成絕頂靈丹，那就是說：任何人若服了妙手許白之血，便無殊於服了天下的各種靈藥。

萬天萍暈迷中，只覺有一股熱力，由喉間緩緩注入丹田，竟甦醒了過來。稍一思考，以他的學識歷練，他立刻就判斷出自家之所以能夠起死回生的原因。於是他就將妙手許白體內的血液，吮吸一盡。

頓時，他又恢復了生存的活力。於是他從許白懷中搜出了璇光儀的一半，離開了秘窟，將石室中的珍寶，盡可能捆了一包。因為妙手許白一死，他已無需在這深山中留下。

此刻他的確是因禍得福：只是《天星秘笈》得而復失，是唯一美中不足之處。

他頗為後悔，不知道那年輕人的來歷下落；因為他知道在他和妙手許白相爭的時候，那年輕人一定漁翁得利了。

哪知就在此時，伊風竟然又回到這山坳裡來，萬天萍一見大喜，但他此刻生力雖復，然而四肢卻軟軟的，那正是因為「毒龍丹」的效力已在他體內行開，若他此刻能立刻以本身的功力與之相合，那麼他的功力便可倍長數倍。

只是他卻將這千載難逢的奇緣浪費了，「毒龍丹」本可發揮十成的藥力，在他體內只發揮了兩成，然而就只這兩成，已足夠使他的功力增長，將他的生命從死亡之中奪了回來。

他四肢軟而無力，自然沒有立刻現身。伊風入了石窟後，那書生眼迷於珍寶，竟從窗口中爬了進去。萬天萍一看他的身法，就知道他完全不會武功，於是就以一粒三棱石子，隔窗擊去。

他的手法是何等力道，雖然只是一粒石子，然而已使得那書生右臂折斷，當時昏迷了過去。

後來伊風自石窟中跑出來，萬天萍突然現身，果然將伊風嚇得面無人色。但語鋒一變之下，萬天萍卻落了下風，是以他只希望自己的功力能夠趕緊恢復。

略一調息之下，毒龍丹已見功效，萬天萍真氣運行一周後，自己已覺出了自己的力量，雙目一翻，便要將伊風傷在掌下。

他冷笑一聲，猛一錯步，身形如行雲流水，倏然掠上前來，雙掌微一交錯，在中間劃了個圓圈，卻又電也似的上下交擊而出。

他這一招掌影繽紛，正是先要亂了對方的眼神，再猛力一擊。

伊風大驚之下，趕緊一塌腰，身形右旋，左掌倏然擊出。

須知他此時的功力，雖然已無殊於一流高手，然而他動手的招式，卻仍然不見得奇妙。

這一招「鳳凰單展翅」，雖然神完氣足，勁力、部位也恰到好處，在武林中已可算得上是絕妙高招。

然而在鐵面孤行客這種人的眼中，卻是普通已極。

萬天萍再次冷笑一聲，身形一扭，雙掌原式擊出，只是改拍為抓，十指箕張，用的正是他名震武林的大力鷹爪神功。

他這一招省去了變招的時間，自然快迅已極。伊風的左掌剛剛遞出，就已覺得人家的雙手，已分向自己的喉頭和腹下抓來。

伊風不禁倒吸一口涼氣！他出道江湖，動手的次數已不下數百次，然而像這樣快的招式，他還是第一次遇到的。

他來不及再轉別的念頭，長腰一扭，「噔噔噔」，連著倒退三步，但萬天萍如影附形，也跟了上來，雙掌各各劃了個半弧，掌尖微曲，擊向伊風的前胸，招式雖變，但腕肘未彎，根本不像普通武林中人在撤招變招之間，還得費去一些工夫。

伊風知道：只要自家讓人家的指尖搭上一點，那麼人家內家「小天星」的掌力，便得接踵而來。而且他知道：這萬天萍人雖瘦小，功力卻是最以那種至剛至強的內家掌力見長，哪敢和人家硬碰硬地對掌，腳步一錯，又向後面避了開去。

他心存怯敵之意，越發地只有招架之功，而無還手之力！

其實他若能靜下心來，以他督任兩脈已通後的內家真力，來和萬天萍一拚，雖然不能取勝，但也不致於如此狼狽。

萬天萍冷笑連連，口中譏諷道：「就憑你這樣的身手，還敢向我老人家說那種狂話？」

雙掌卻運掌如風，帶著虎虎風聲和漫天掌影，上下左右地向伊風劈去。

伊風雖然勉力支持，但技不如人，只有一步步地後退。

十餘招一過，伊風更不支。萬天萍掌式卻倏然一變，由猛攻而變為遊鬥，他竟想將這曾經折辱過自己的年輕人先凌辱一番，再置之死地。

是以他出招的手法，就不似方才的威猛沉重；出手的部位，也不再擊向伊風的要害。口中卻冷諷熱罵，將伊風罵得個不亦樂乎。

伊風這一下心裡的難受，可更在先前之上！

只是他功力不逮，此刻就是再想逃走，恐怕也不能夠了——

第廿九章　深宵異事

「啪」地，伊風肩頭竟中了一掌，雖然隱隱作痛，但卻未傷及筋骨。

伊風知道對方的用意。雙掌「潑風八打」，掌風虎虎，但卻傷不到對方的毫髮。

他身形漸退，轉身之間，忽然看到那「武曲星君」藏寶的秘窟，那封門的巨石，原是由中間旋開，此刻那塊巨石便橫亙在秘窟洞口的中間，兩邊露出裡面黑黝深邃的洞窟。

伊風心中一動，腳下錯步間，便漸漸向那洞窟裡移去。

萬天萍掌影交錯，雙掌像是兩隻蝴蝶似的，在伊風身側四舞。他名垂武林，招式上果有獨得之秘，不是一般武林掌法。

他左掌一圈，倏地反掌揮出，口中卻冷漠而譏嘲地笑道：「小孩子！你將《天星秘笈》拿出，再乖乖向我老人家叩三個頭，我老人家一高興，說不定不但放了你，還收你做徒弟，也未可知……」

伊風暴喝一聲，雙掌盡了十成大力向前猛擊。萬天萍語聲一頓，身形微微後挫。

哪知伊風這一招，卻是以進為退，掌才到中途，就猛地後撤，身形後抑，「金鯉倒穿波」，向後面蹤了過去。

他已計算好那秘窟的位置，身形在空中猛旋，腳尖一點地，唰地，向秘窟中蹤了進去。

萬天萍微驚之下，身形立刻暴起，也直掠入洞。哪知身後風聲颯然，他禁不住回頭一看，原來那封洞的巨石也隨著他的來勢而旋了過來。

就在他回頭一愣之間，啪的一聲，那塊巨石又嵌回洞口山壁之上，萬天萍大驚四顧，洞中黑暗得連一絲微光都沒有，他趕緊屏住呼吸，雙掌當胸，生怕伊風會在黑暗中向自家暗算。

他卻不知道，伊風早有算計，一入洞後，就扳著那塊巨石在洞內的一端向外一旋。他自己卻在那塊巨石將合未合之際，掠出洞去。

他不但時間、部位，要拿捏得恰到好處；而且必須心思過人，才能將人家關進洞窟，而自己卻掠出外面。

鐵面孤行客大意之下，竟被伊風封於這黝黑、陰森而深邃的洞窟之內。伊風一計得成，驚魂初定，山風吹到他身上，雖然寒冷，他卻覺得非常可愛。

他略略喘了兩口氣，讓激戰之後的心情，平復、鬆弛下來。於是他輕掠至石屋旁，翻身入窗，朦朧之光下，他看到那書生仍俯臥在地上。

他暗歎一聲，忖道：「他若是死了，那我救他反成了害他了！」蹲下身子，探了探他的鼻息，卻發現他仍是活著的，只是暈厥了而已。

他將剩下的珠寶，捲做一包；至於其他珠寶的去向，他已再無這心情去追究了。

然後他將受傷暈迷的窮書生，搭在肩上，出了石室，掠下山去。

這窮書生傷癒之後，便帶了伊風給他的珠寶，回到塵世，而塵世也多了個揮金如土的闊少。

只是他自始至終，也弄不清那使他由赤貧變為豪富的俠士，到底是怎麼個人哩！

至於伊風，他憑著自身的智慧，戰勝了強於自身的對手，得到了足以傲視武林的秘笈，也得了世間僅有的解藥，心情自然是愉快的。

他身心鬆弛之下，覺得有難以形容的疲倦。縱然他是鐵打的身軀，但經過這麼多的不眠不休，再加上心情的緊張和一番激戰，此刻他當然再也支持不住。一到景東，他就歇下了。

他睡得自是極沉；因為這些天來，睡覺對他而言，已是一種奢侈的享受了。

他夢到他的妻子又回到他的身旁。醒來的時候，卻更為悵惘！他出神地望著窗外，窗外一片朦朧，原來此刻又是深夜了。

他不想起來，只是靜靜臥在床上，聽著窗外的風聲。對人世間的許多事，突然起了另外一種想法。

他妻子美麗的面龐，在他腦海中泛湧著，一會兒那麼深，一會兒又淡了下去。

突然，他聽到窗外的風聲中，夾雜有夜行人衣袂帶風聲音。

這若是在以前，他會毫不遲疑地掠出去，追查這夜行人在深夜之中走動，是為著什麼。但此刻，他卻仍然意興蕭索地躺在床上。

「別人的事，我又何必去管？」

他暗忖著：「我的事，不也沒有別人管嗎？我在蘇東，被天爭教的三個金衣香主所困，險些遭了毒手，那時又有誰來管我？我失妻之後，又被逼命，芸芸武林中，又有幾人肯站出來為我說兩句話的？」

他落寞地歎了口氣。

以前，他的思想是筆直的。此刻卻隨著人間事而有了許多彎曲，而他也遠不如以前幸福了！

深夜綺思，他又想許多人。他甚至想起那嬌小明媚的稚鳳麥慧——驀地，窗外的黑暗中，傳來一聲銳利的尖叫，將他的思路打斷了。

雖然他認為自己已經很夠自私，但是聽到這種慘厲的叫聲，他卻再也無法在床上靜臥下去。

雖然他警告自己不要多管閒事，先趕緊將解藥送到終南山去；然而一種天生的俠義之心，卻在他血液之中奔沸著，而他卻無法抗拒這種力量。

「去看看也沒有什麼關係，也費不了多少時候。」

他一面匆匆穿上靴子，一面暗忖道：「難道這會又是什麼奇人奇事？以前我行走江湖所遇之事，不就都是片刻之間就可解決的嗎？」

他替自己找到了理由。

於是他用一條絲巾紮住衣襟，將解藥和秘笈，都謹慎地揣到懷裡。

他久走江湖，行事已極為小心了。

然後他身形一動，倏然從窗中掠了出去，向那慘叫聲的來處躥去。

他發覺腳下的房屋都是黑暗而沉寂的，而那聲慘叫也是那麼突兀，一聲過後，就再無其他的聲響。四下就是一片靜寂，根本沒有任何異樣之處。

伊風暗自焦急：「我為什麼不快點出來？」

他四下巡視，這種夜行屋面的勾當，他已有許久不曾試過了。此時髀肉復生，心胸之間，但覺熱血沸騰，昔日的豪氣，又重新生出！

他稍為佇立片刻，留意傾聽著四下的聲音。

就在他將要失望的時候，驀地聽到一種低低的哀求之聲。

於是他毫不遲疑地向那方向掠去，身形之輕快，像是一隻初春的燕子。

突地，他看到有一個窗口中仍有微光，於時他立刻頓住身形，靈巧地在屋面上一翻，「金倒掛」，足尖鉤在屋簷上，垂首下望。

屋內有一盞油燈，亮著昏黃的燈光，一人正端坐椅上，右手持著長劍，左手的中指微彈劍身，發出聲聲嗡然之鳴。

另一人則直挺挺地跪在他面前，滿臉血跡。方才那一聲慘叫，想必就是此人發出的。

伊風閉目內望，見到這幅景象，心中忖道：「這是什麼勾當？」

方自動念之間，卻見那持劍之人，手中之劍一顫，抖起一溜寒光，唰地，竟將那跪著的人的左耳，削了下來，血水四濺。那人運劍一轉，竟將那隻耳朵挑在劍上。

而跪著的人，當然又發出一聲慘叫！

伊風心中一凜，竟然發現那持劍之人的長劍上，挑著兩隻耳朵，不禁大怒！暗忖道：「這廝怎地如此手辣？」

遂在鼻孔裡冷哼了一聲，倒掛著的身形，也隨著這一哼，飄落在地上。

他原以為那持劍之人一定會掠出來。

哪知人家只冷冷瞟了窗外一眼，卻仍然端坐在椅上不動，嗡然一聲，又發出一聲低吟。

伊風一怔！卻見那人悠閒地端起桌上的茶，喝了一口，然後側臉朝著窗口，微微一笑。以一種非常清越、非常悅耳的聲音說道：「窗外管閒事的朋友！外面風寒，請移駕進來一坐如何？」

伊風看到他的臉，蒼白而清秀，嘴上微微留有短髭，然而卻使他更添了幾分男性成熟的風韻，看起來醒目得很，卻又沒有男人的粗豪之氣。

伊風暗笑自己，怎的自己所遇的，盡是不合常規的奇事？這人劍削人耳，卻仍大咧咧地坐在椅上，彷佛心安理得的樣子。

他遲疑了一下，目光動處，看到窗子是開著的。於是他思忖之下，飄身進去，落在那跪著的人身側。

卻聽那持劍之人笑道：「朋友果然好身手！果然不愧為行俠仗義、打抱不平的俠客！哈！哈！」

他哈哈笑了兩聲，像是讚美，卻又像是嘲弄。

伊風雙目一瞪，朗聲道：「閣下和這位有什麼樑子！人家既然跪下服輸，閣下又何必如此相逼！不是小可多管閒事，只是閣下也未免手辣了一點！」

話聲方住，那持劍之人又哈哈一笑。

哪知那跪著的漢子，卻突地跳了起來，腳踏中門，「嗖」地一拳，朝伊風當胸擊去，口中罵道：「老子的事，要你管什麼鳥？」

拳風蕩然，竟是少林伏虎神拳裡的妙招；而且他在這種拳法上，至少已有三十年的功力。

事出意外，這一拳險些打在伊風身上。他再也想不到那持劍之人並未出手，向自己招呼的，卻是自己挺身出來相助之人。

他一驚之下，錯步拗身，那個漢子不但功力頗深，招式也極為精純快捷，手肘一沉，雙拳同時搶出，「進步撤攔雙撞手」，「嗖嗖」，兩拳，劃了個半弧，擊向伊風的左右太陽穴。

伊風微一塌腰，右掌唰地擊出。那人馬步一沉，腕肘伸縮之同時，「嗖嗖」，又是兩拳，帶著拳風，極快地擊向伊風的前肩下胸。

伊風大怒，喝道：「你瘋了嗎？」

身形一變，掌上再不留情，那種深厚的功力，果然不是那漢子抵擋得住的。

但那漢子拳沉力猛，招式精純，竟也是一流身手，一時半刻之間，竟和伊風拆了十數招，打得房中的桌椅俱毀，杯盞亂飛。

那持劍之人，仍端坐在椅上，微微發著冷笑，目光卻極為留神伊風的步法；右手不時彈著劍脊，發出一聲聲低吟。

伊風卻有些哭笑不得，不禁暗罵自己的多事。

那漢子一面打一面罵著：「兀你這廝，好沒來由！老子情願朝他跪，情願被他削耳朵，要你這王八來管什麼鳥！老子被他砍下腦袋也情願，莫說削耳朵！」

伊風被他罵得心頭火起，掌影如風，將這滿口粗話的漢子圍住。

那持劍之人哈哈笑道：「古人有云：『多一事不如少一事。』朋友！你多管閒事，又何苦來哉！古人之言，實是深得我心！深得我心！」

伊風幾乎氣得吐血，微一錯步，唰地後退三尺，喝道：「好！我不管就不管！」

哪知話還說未完，那漢子卻又躥過來，劈面一拳，朝伊風打去，口中仍在不乾不淨地罵道：「你這廝！撞破了老子的好事，老子非打殺你不可！」

出拳如雨點般朝伊風打去，竟真的有些要和伊風拚命的樣子。

持劍之人仍在嘻嘻笑著，伊風卻一頭霧水，暗自忖道：「這漢子雙耳被削，我來救他，他卻說我撞破了他的『好事』，難道他腦子有毛病？難道他是個瘋子？唉！我真倒楣！」

他想來想去，想不出此事的究竟，只得暗歎自己的倒楣了。

第三十章　武林四美

他心思一分，那漢子立刻又著著搶攻，口中卻又喝道：「老子今天不打死你這王八，老子就不叫伏虎金剛！」

伊風「呀」了一聲：「原來這漢子就是伏虎金剛。」

他暗暗忖道：「那麼，他卻又怎會這樣像個瘋子似的呢？」

須知伏虎金剛阮大成，在蜀中頗有盛名，是條沒奢遮的漢子，平日也頗得人望，是以伊風一聽到他的名字，就更為奇怪。

因為他知道這阮大成絕對不是瘋子，但他不是瘋子，卻又怎會如此呢？

持劍的那人，始終端坐在那裡，望著伊風不斷嘻嘻地笑著，看著這兩人莫名其妙地打在一處，竟像是覺得非常開心的樣子。

轉瞬之間，兩人又拆了數招，伊風心中更不耐。須知他此刻的功力，遠在阮大成之上。只是他和阮大成素無仇怨，而且他的本意又是為了救人而來，當然不願以內家功力傷人。

伏虎金剛阮大成右足朝前一踏，右拳筆直地擊出。伊風身隨意動，捐棄以往的招式不用，雙掌微一交錯，各劃了個半圈，閃電般地上下交擊而出，擊向伏虎金剛的喉間、胸下。

伏虎金剛眼前一花，趕緊往下塌腰，剛剛極力避開此招。

哪知伊風身形一扭，雙掌原式拍出，砰然兩聲，這兩掌竟都扎扎實實擊在阮大成身上。他雖未使全力，但已將阮大成擊在地上。

他這兩招輕靈曼妙，卻正是他和鐵面孤行客動手時偷學來的。這兩招看來輕描淡寫，但轉招之間，卻此別人快了一倍。

是以阮大成尚未變招，就被擊中，「噗」地一跤跌在地上。兩眼發怔地看著伊風，心中奇怪，這兩招中有什麼古怪。

那持劍之人卻彈劍笑道：「好極了！好極了！果然高明得很！小弟佩

服之至。」

伊風的眼睛，卻在這兩人身上打著轉，不明白這兩人之間，究竟是什麼關係。

「難道這兩人是一主一奴？」但是他立刻自己推翻了自己的想法，「伏虎金剛，哪有做人家奴才的道理？」

阮大成氣吼吼地爬起來，雖然被打，卻仍然是極為不服氣的樣子，大有再和伊風一拚之意。

那持劍之人卻笑道：「阮老大！算了吧！你再打也不是人家的對手，何況你今天只為我犧牲了兩隻耳朵，又算得了什麼！以後有機會，你還是可以再試一試的，反正我……反正你也知道我的。」

本來一頭霧水的伊風，在聽了這話之後，越發地莫名其妙了。

他又有些好笑，弄到現在，這持劍之人，倒成了勸架的了。自己不明不白地打了這場冤枉架，卻又是為著什麼！

他心中好生不自在，心中一大堆悶氣，不知該出在誰身上好。

那持劍之人緩緩站起身來，朝著伊風微微一笑，朗聲道：「朋友高姓大名！深宵相逢，總是有緣。如果朋友不棄，不妨留此和小弟作一清談。」

他舉起茶壺，倒了杯茶，又笑道：「寒夜客來，只得以茶作酒了。」

伊風兩眼發怔，他雖是機變百出，也猜不出這持劍之人是何來路。而且這人對自己忽而譏諷，忽而又謙恭有禮起來；伊風也不知道自己此刻該對他如何態度，是相應不理呢？還是不顧而去？抑或就客客氣氣地坐下來，和這奇人做個朋友。

他心中正自猶疑不決，那伏虎金剛卻氣吼吼地衝過來，大聲說道：「你別看他臉子白，他心可沒有我阮大成好。我阮大成為你吃盡了苦，現在又被你削下兩隻耳朵，難道你一點也不可憐我嗎？」

伊風聞言又大愕，不知道這阮大成是否變成了瘋子，這種拈酸吃醋的話，怎會用在此時此刻？他是實在有些迷惘了！

持劍的那人，耳根卻像是紅了一下，突地將劍身一抖，又溜起了一道青藍色的光華，喝道：「阮老大！你可得放清楚些！你一天到晚跟著我，我若不看你是條漢子，早就砍下你的腦袋了，你還囉唆什麼？何況你耳朵被削，是你心甘情願，還哀求著我，我才動手的，難道又怪得了誰？」

伊風聽了這些話，越來越糊塗。

那阮大成卻哭喪著臉，像是死了爸爸似的，站在那裡。臉的兩邊本來長著耳朵的地方，不停地往下滴著血。伊風看著他這副樣子，既像可笑，亦復可憐，可卻也有些奇怪。心中不禁暗暗忖道：「這伏虎金剛在武林中也算得上是個人物，如今卻怎地變成了如此模樣？」

他望了那持劍之人一眼，又接著忖道：「若此人是個女的，那阮大成還可說是單戀成疾。但此人從頭到腳，看來看去，也看不出身上有一絲女人的樣子呀！」

江湖上女扮男裝之人，比比皆是，伊風見得多了；無論是誰，扮成男裝後，總脫不了那種女人氣息，伊風可算見得多了。

此刻這持劍之人，雖然白皙文秀，但嘴上的短髭，根根見肉，這是任何女子也化裝不來的。因為貼上去的假鬚，和從皮肉中生出的，外行人雖難以分辨，但像伊風這種江湖老手，卻一望而知。

一瞬之間，他又覺得對阮大成非常同情，也有些憐憫。

因為阮大成仍然垂頭喪氣地坐在那裡，那麼個響噹噹的漢子，如今竟落到這種地步，這幾乎是令人無法相信的事！

那持劍之人微微一笑，又道：「閣下一言不發，難道是小弟高攀不上嗎？」

語音落到「嗎」字上，已變得非常冷漠。

伊風微怔了一下，連聲道：「哪裡！哪裡！」

舉頭一望，已有日光斜斜從窗中照進來。

他無意識地走到窗前，窗外是個非常精緻的園子。

這時他才知道自己處身之所，是一家大戶人家後院中的兩間精舍。

於是他對這持劍之人的身分，更起了極大的好奇心，轉身道：「小弟伊風，只是江湖上的一名小卒，承蒙閣下不恥下交，實在惶恐得很……」

他本想問人家的姓名身分，又不便出口。

那持劍之人又一笑，道：「以閣下的這種身手，若說是江湖上的一名小卒，那閣下未免太謙了吧？」

他也緩緩踱到窗前。伊風才發覺他身材不高，只齊自己的鼻下，心中動了動，卻聽他又笑著說道：「小弟蕭南，才是江湖上的無名小卒哩！」

他露齒一笑：「今夜之事，閣下必定有些奇怪；但小弟一解釋，閣下就會明白了。」

伊風留意傾聽著，但那自稱「蕭南」之人，話卻到此為止，再沒有下文，根本沒有解釋，伊風也仍然一頭霧水。

蕭南一回身，拍了拍阮大成的肩頭，換了另外一種口氣道：「阮老大！你還站在這裡幹什麼？天已經亮了呀！」

伏虎金剛濃眉一豎，大聲道：「你不叫這姓伊的小子走，卻偏偏叫我走，幹什麼呀？」

蕭南雙目一張，明亮的雙睛裡，立刻射出兩道利刀般的光芒。

阮大成竟垂下頭。

伊風暗歎一聲，自覺此行弄得灰頭土臉。這伏虎金剛話雖說得不客氣，但伊風覺得他有些可憐，也犯不上和他爭吵，僅僅微笑了一下。

他目光動處，看到那蕭南手持之劍的劍尖上，仍挑著兩隻鮮血淋漓的耳朵。

他感覺到一種說不出來的噁心，對這蕭南的為人，也有著說不出來的厭惡。

但人家一個願打，一個願挨，被削了耳朵的人心甘情願，那麼自己這局外人又能說些什麼話呢？

於是他向蕭南一拱手，道：「天已大亮，小弟本也該告辭了。」

阮大成一瞪眼，道：「你走我也走，你要是不走，我可也要在這裡多待一下。」

他本來滿口四川土音，此刻竟學著蕭南說起官話來。

伊風有些好笑，但看了他那種狼狽的樣子，卻又笑不出來。

他剛一邁步，卻聽園中一個極為嬌嫩的口音笑道：「哎喲！怎麼我才剛來，就聽到裡面有人說要走要走的，難道你們都不歡迎我來嗎？」

語聲力落，門外已婷婷走進一人來，雲鬢高綰，豔光四照，一走進門，秋波就四下一轉，給室中平添了幾分春色！

她嬌聲一笑，向蕭南道：「還是你有辦法，頭天剛來，晚上就有兩位客人來找你。你姐姐我在這裡住了快三年啦，也沒有半個人來找我。」

蕭南也笑說：「誰吃了熊心豹膽敢來找你呀？不怕燒得渾身起窟窿。」

這兩人言笑無忌，彷彿甚熟。

阮大成目定口呆地站著。

伊風的兩眼卻瞪在蕭南臉上。

請續看《飄香劍雨》中

古龍真品絕版復刻 11

飄香劍雨（上）

作者：古龍
發行人：陳曉林
出版所：風雲時代出版股份有限公司
地址：10576台北市民生東路五段178號7樓之3
電話：(02) 2756-0949　　傳真：(02) 2765-3799
封面影像處理：許惠芳
執行主編：劉宇青
行銷企劃：林安莉
業務總監：張瑋鳳
出版日期：2022年12月
ISBN ：978-626-7153-27-7

風雲書網：http://www.eastbooks.com.tw
官方部落格：http://eastbooks.pixnet.net/blog
Facebook：http://www.facebook.com/h7560949
E-mail：h7560949@ms15.hinet.net
劃撥帳號：12043291
戶名：風雲時代出版股份有限公司

風雲發行所：33373桃園市龜山區公西村2鄰復興街304巷96號
電話：(03) 318-1378　　傳真：(03) 318-1378
法律顧問：永然法律事務所 李永然律師
　　　　　北辰著作權事務所 蕭雄淋律師

行政院新聞局局版台業字第3595號 營利事業統一編號22759935
©2022 by Storm & Stress Publishing Co.Printed in Taiwan
◎如有缺頁或裝訂錯誤，請退回本社更換

定價：320元　**版權所有　翻印必究**

國家圖書館出版品預行編目資料

飄香劍雨 (古龍真品絕版復刻 11-13)／古龍著. --
臺北市：風雲時代出版股份有限公司, 2022.08　冊；
公分.
ISBN : 978-626-7153-27-7（上冊：平裝）
ISBN : 978-626-7153-28-4（中冊：平裝）
ISBN : 978-626-7153-50-5（下冊：平裝）
857.9　　111009565